関東戎夷焼煮袋

町田　康

幻戯書房

装丁　細野綾子

カバー写真　紘志多求知

関東戎夷焼煮袋

うどん

一

四十年くらい前。用があって上京、腹が減ったので、渋谷、というところで、安直うどんに入りごんで、月見うどんを註文、運ばれてきたうどんの鉢をみて、あああああっ、うわああああああっ。うおおおおおおっ。と絶叫した。

なんとなれば、うどんの出汁《だし》が漆黒であったからである。それをみた四十年前の私は、渋がやつゆうちいでてみればマクロにぞうどんのだしにめんぞ浮きける。そんな文句が頭のなかに高速で回転して泣く泣く払いてんげる。みたいなことになってしまった。

と言うと、そんな安直うどん立食うどんのやうなところに行くからそうした憂き目に遭うのだよ。びんぼうこそいとかなしけれ、と言って烏帽子《えぼし》をかむってルルルと歌いながら天神橋筋六丁目で素知らぬ振りをする人が出てくるのは周知の事実である。

そういう人に俺は言う。

ちがーう。そして、ちゃう。と。

なんとなればその後、もちろん手銭で参ったのではないが、私は赤坂や銀座や六本木の高級料亭、または、専門店に参ってうどんを食べた。もちろん、それなりの価格なので、それなりのことがしてあり、あああああっ、うわわわあっ、うおおおっ。と、絶叫することはなかったが、やややややややや。むむむむむむ。と唸った。

しかし、いずれにしても、そんなことを言っているのは吾一人のみで、周囲の人は従容《しょうよう》としてこれを受け入れていた。私だけがそれを受け入れることができなかった。

なぜか。

それは私が上方もの・大坂《おおざか》出身者であるからで、私が幼少時から住吉区や天王寺区、浪速《なにわ》区などで食していたうどんは、渋谷区や中央区、港区などで供されるうどんとよほど違っていたからである。

そして、私がその違いをみて抱いた感想は、同じ人間のやることとなのにどうしてここまで違うのだろうか。謎である。というものであった。

その謎を解明するために、私が私財を擲《なげう》ってうどんの研究を始めたかというと、それはしなかった。

なぜなら、他にいろいろやることもあって忙しかったし、そんなことをしても誰も褒めてくれないのは明白だったし、当時、私財が三百円くらいしかなかったからである。

そんなことで、うどんの問題を四十年間放置した。

その結果、どうなったか。

結論から言うと馴れた。

関東で、月見うどんをみようが、天ぷらうどんをみようが、あわわわわわっ、とも、おぎょおおおおおっ、ともおめかなくなった。

どうやって馴れたかというと、最初のうちは、これは自分が知っている、うどん、ではない、と思うようにした。名前こそ、なになにうどん、といっているが、私の知ってるうどんとは別の食べ物なのだ。と思うようにした。

そうしたところ、アアラ不思議、関東の漆黒うどんを、それはそれでおいしく頂くことができるようになった。

歯の間にはそまった長葱を丸出しにし、なかなか乙なものでげす、なんつうことをいうなどした。そしてそのうち関東のうどんも関西のうどんも等しくうどんである、と思うようになっていたのである。

思えばそれが堕落の始まりであった。

それでも所用があって大坂表に参るたんびに、大坂の通常のうどんを食し、これこそが本来のうどん、通称・本来うどんである、と確認するようにしていた。しかし、それも次第にやらなくなり、関東滞在二十年を過ぐる頃より、うどんに東西なし、という思想を抱くようになっていた。

しかし、自分は自分を大坂におった頃の自分と変わらぬ自分と信じ、豚キムチチャーハンを食べたり、浜崎あゆみの楽曲を聴くなどして楽しく生きていた。喋ろうと思えばいつでも大坂弁を喋ることができたし、富岡多恵子さんと対談したたし、河内家菊水丸師の番組にも呼ばれたし、上方落語を聴いて笑うこともできたし、っていうか、六代目笑福亭松鶴の物真似すらできた。関東にあって自分の上方性はより純化されているとすら思っていた。

ところが先日、自分はもはや大坂人ではないということを思い知った。

その日は目覚めたときからいやな気持ちだった。

幻覚寿司という看板の掲げてある寿司屋に入ったら、客も店員もすべて河童で、人間の客はただひとりという気まずい状況のなか、屁の匂いの立ちこめる店内でナメクジの握りやゴカイ巻といった気味の悪すぎる寿司を、げぇを吐きそうになりながら食べていたら、突如として拘束され、別室へ連れていかれ服を脱がされ、河童に睾丸を吸われる夢をみて、叫び声をあげて目覚めたのである。

ああ、いやな夢を見た。マンなおしゲンなおしに、ファッションヘルスの早朝サービスにでも行きたい気分だ。

そんなことを思いながら、しかし、銭がないので我慢をして仕事部屋へ行き、コンピュータの上蓋を開けたらメールが来ており、あれ？　俺は偏屈だから気軽にメールを送ってくるような友達はないし、仕事面においても、無脳なバカ豚、ということが業界に知れわたっているから新規の仕事の依頼はないはずだが、いったいなにだろうか。バイアグラのＤＭだろうか、と訝《いぶか》りながら開封したら、わぶぶ、仕事の依頼であった。

慌てふためいて開封すると、送信者は大川大範という人物で、大坂の人、内容は、今度、大坂の雑誌を作ることになったから、おまえ原稿書け、あほんだら:)。という内容であった。

もちろん自分はアホだし、原稿を書くのは家の業なので引き受けることにして、よろこんで。こころより。と返信したら、また、メールが来て、わかってるやろけど、内容は大坂でいけよ、ぼけ。と書いてあった。

もちろん言われるまでもなくそのつもりであった。

というか、俺は大坂出身者でそんな原稿はもう得意中の得意でんがな。

そんな風に張り切って向鉢巻、さあ、なにを書こうかな、と考えて驚愕した。まったくなにも思い浮かばなかったからである。

そんなバカな。俺は紛れもない上方者なのに！

そう思って二度、愕然とした。

なんとなれば、上方ものなれば、そんなバカな、とは言わず、そんなアホな、というはず、ということに気がついたからである。

これにいたって私はもはや自分が大坂の人間でないことに気がついたのだ。

もちろん、大坂語を操ることはできる。しかし、それはあくまでも、見かけ上、文章上の大坂語であって、魂から発せられたものではなく、例えば私が怒りを発し、「なめとったらあかんど、こらあ」と絶叫したとしても、それは心よりの絶叫ではなく、気持ちがいったん文章化され、そのうえでもう一度、発せられた、いわば、俳優が演技で怒っているような絶叫で、つまりは、嘘、ということである。

ということはどういうことか。自分の心のなかにある感情を外の世界に出すことができない、ペラペラの嘘人間になってしまった、ということである。

謝罪会見を開き、「心よりお詫び申し上げます」と言いながら頭を下げ、内心で、あと何秒くらいさげとったらええのかな、と思ってる奴、みたいな奴、ということである。

俺はそんな人間にだけはなりたくなかった。

そんな人間にだけはならないようにしようと思って頑張って生きてきた。

けれどもなってしまった。

そのとき私の頭に、関東戎夷《じゅうい》、という言葉が浮かんだ。

後醍醐天皇の、関東者戎夷也天下管領《かんれい》不可然、という言葉である。関東は戎夷なり。天下管領然るべからず。関東の人には申し訳ないが、その関東戎夷に成り果ててしまった、と私は思ったのである。

そして連鎖的によくよく考えたのが冒頭に申し上げた、うどん、の問題である。俺が関東戎夷になってしまったのは、こんな風に、うどんの問題などを放置して、いつの間にかそれに馴れてしまったからなのだなあ、と詠嘆したのである。

懶惰《らんだ》の三十年と惰弱の十年。

過ぎてしまったときは元に戻らない。これを称して覆水盆に返らずというのであろう。アハハ。アゲハ。さようなら、かつての言行が一致していた自分。俺はこれから嘘つきのペラペラ野郎、災害が起きたら直ちに自身のブログやツイッターで、心よりの哀悼の意を表し、アップロードするやいなや、ネェちゃんと高級レストランで肉食、飲酒もして、その後、ホテルに参って不埒な振舞に及ぶ奴、みたいな奴と同じ奴として生きるしかないのだ。

ははは。四十年間頑張って生きて、その結果が、これか。はは、あははは。乾いた笑いが洩れた。静かな涙がこぼれた。

このうえは鎌倉に移住して写経と陶芸と笠懸《かさがけ》でも習いにいこうか、という考えが頭に浮かんだ。

しかし、実際は踞《うずくま》ったまま動けなかった。

そのまま死んでしまえれば楽なのだけれども、浅ましいものである、そんなに絶望しているのにもかかわらず、腹だけは減る。

カップヤキソバかなんかを食べようと、私はノロノロ立ちあがった。ところが台所に参ったところ買い置きのカップヤキソバがなかった。仕方ない、このまま餓死するか。それもまた楽し。

そう、思った瞬間、頭に電光がスパーク、同時に、「どうせ死ぬなら、もう一度、やってみたらどうなんだ」という声が響いた。

私は瞬時にその意味するところを悟った。

すなわち、どうせ死ぬなら、もう一度、うどんからやり直して関東戎夷の状態を脱し、本然《ほんねん》の上方者である自分に戻って死んだらどうだ、とその声は言っているのであった。

私は驚き惑い、声の主を捜した。

頭の片隅に声の主の後ろ姿が見えた。声の主は恐ろしい速度で頭のなかの千駄ヶ谷の方角へ去っていった。

そして私は、なんとかもう一度、やってみよう、という気持ちになっていた。

と、同時に、でもどうやって？　とも思っていた。傀儡。くつずみ。

二

傀儡《くぐつ》と靴墨。そのふたつになんらの関係もない。しかし、そのふたつを関係づけること、それこそが人間の人生だ。といって同意する人は日本語圏に三人もいないだろう。だからといってなんだというのだ。別に他人の同意なんてなくったっていい。ただ、寂しいだけだ。でも、その寂しさに耐え得る者だけが、耐え得るものだけが……、なにができるのだろうか。それは僕にはわからない。

しかし、僕は一介の傀儡として、もはや関東戎夷と成り果てた元・大坂人として、もう一度、うどんからやり直すことができる。それは僕の青春を取り戻すことでもあるのだ。人間性を回復することでもある。自分で自分の腹を開腹して皆さんに存分にご覧になっていただくことでもある。

なんていつまでも能書きを言っておってても仕方がない。具体的に言おう。

それは自らうどんを作る、ということである。

そう。関東には大坂のうどんがない。だから僕は関東戎夷になっちゃったんだよ。それは仕方のないことやんけじゃん、などと開き直るのではなく、ないのであれば自分で作る。自らの運命は自らの手で切り拓く。そういった極度に前向きな精神状態に自分自身で陥っていくことによって、自分を変えていく。それは世界を変えていくことでもある。つまりは自分自身の再開発プロジェクトなのだ。あはははははははははははははは。快活に笑って自分を虚しくして、うどんを作っていこう。それこそが関東戎夷からの脱却のチャーハンだ。脱却のチャーハンてなんやねんなんていう不粋な問いは真っ黒な出汁の中に沈める。そして忘れる。そのうえで澄んだ出汁を拵《こしら》える。それが正しいかどうか。そんなことは人間にはわからない。それを知っているのは仏ばかりだ。

といって、しかし、どうやってうどんを作ったらよいのだろうか。もちろん私ももはや五十過ぎの大僧で、可愛いぶって、「いやーん、うどんの作り方わかんなーい」といってクニクニする心算はないし、そうしたところで誰も扶《たす》けてくれないことを知っている。

知っているし、まったくうどんを拵えたことがない訳ではない。

というのは高松に実家がある知り人があって、年に二度、帰省するたんびに讃岐うどん、一包六食あるのを二包を送付してくれる。なので盆暮の十二日間、私は自ら調理して讃岐うどんを連続食するのがここ数年の習わしとなっているのである。

しかしそれは、私が自ら開発した、ぶちまけうどん、という生醤油と土生姜と鶏卵をうどん上にぶちまけるという原始的で酷烈な調理法で、上方のうどんではけっしてない。

ということで私は一からうどんの調理法について考える必要がある。

ってことで考えて得た結論は、上方落語の演目「時うどん」に、「うどんちゅうのは粉ォは少々悪うても出汁が肝心」という文言があることからも知れるように、出汁がきわめて重要ということである。

ではその出汁はどのようにして拵えたらよいのだろうか。其のヒントもやはり、「時うどん」にある。曰。「おまえとこ、ええ出汁つこてるわ。鰹と昆布のほんまもん、やっぱしこれやなかったらいかん」という文言である。

そう。鰹と昆布。これが最重要課題になってくるのである。

そして、もうひとつだけ、絶対に忘れてはならない存在がある。なにか。薄口醤油である。関東において醤油といえば濃口醤油ただひとつである。しかるに、関西にあっては薄口醤油と濃口醤油、二種の醤油があり、ケースバイケースでこれを使い分けているのである。

これを知らなかったらいくら凝りに凝った出汁を拵えたところで、最終的には関東の黒うどんになってしまう。

私がそれを知ったのは十七歳の夏である。其の頃私は凶悪無惨なパンクロッカーの群れに身を投じ怠学怠業放蕩無頼、粗豪を擅《ほしいまま》にする日々であったがその日も、仲間数名と京都に遊び、遅くなって大坂に帰れない、もちろんタクシー代もなく、そこで知り合いのアパートを襲撃、雑魚寝をした。明くる朝、腹が減ったなんか食おう、っつう話になったが、困ったことに銭がない。なんかないか、と探したところ、どういう訳かうどん玉があった。

しかし、うどん玉だけあったってしゃあないがな。って話になってみなで絶望していると、なかで最年少十六歳のキタガワという男が、自分がうどんを作る、と言い出した。聞けばこの男、いまだ高校生なれど夏ごとに炉端焼屋でアルバイトをし、調理・調味の心得これあり、というのである。

そりゃ好都合、といってみなはキタガワにすべてを託した。

キタガワは張り切って調味を開始したが、暫くして、「なんや、薄口醬油あらへんやんけ。薄口醬油なかったらでけへんやんけ」と絶叫した。そのときは意味が分からなかったが、後年、東京で黒汁うどんを初めて見たとき、キタガワの言っていたことの真の意味合いを勃然と悟ったのであった。

そのときキタガワが薄口醬油なしに作ったうどんの味がどんなだったかは忘れた。忘れたが、ちゃんとしたうどんを拵えるためには薄口醬油が必要である、ということは四十年経ったいまも聢《しか》と記憶していたのである。

そして、私方は昆布はあった。ところが、鰹節と薄口醬油がなかった。また、出汁には味醂も混入した方がよいように思われたが、その味醂もなかった。それよりなにより肝心のうどん玉がなかった。

そこで、それらを購《もと》めるべくＳＭ、俗にいうスーパーマーケットに赴いた。

津村記久子という大坂に住む小説家に、「京都に住まおうと考えたことがあったが、うどん玉が七十八円もして絶望、断念した。自分はうどん玉が四十円以下で買えぬ地域に棲むことはできない」という話を聞いたことがある。果たして自分の棲む地域はどうであろうか。津村記久子は棲んでくれるだろうか、と思いながらうどん玉コーナーに参ると、三十八円のうどん玉があったので、ほっと安堵の溜め息をついて、これをバスケットに入れ、さらに鰹節、大坂でいうところのハナガッツォもバスケットに入れ、やはり土地柄か、様々なラインナップを誇る濃口醬油に比して薄口醬油は一種類しかなかった。

また意外なことに、いくら関東といえども、味醂くらいはあるだろうと思っていたが、味醂がなく、みりん風調味料というのがあるばかりだった。

元来、私は物事をはっきりさせたい性格で、昔からこの、風、というのを激しく憎んでいる。私が作りたいのは大坂〝風〟うどん、ではなく、大坂うどん、である。なんとなくそれっぽいものを拵えて、風、といって逃げるなんてことはしたくない。

なので、みりん風、などと半笑い、平仮名で雰囲気を醸し出してテキトーかましているやつではなく、正統的な味醂を使用したい。そこで、ま一度、よくよく棚を探してみたところ片隅に、酒味醂、というのがあった。酒味醂。意味がわからない。酒と味醂。ふたつは、そばとうどんが別のものであるように別のものである。

いったいどういうことだろうか。心の底から不思議に思い、ラベルをみると、味醂の甘味と酒のよさをプラスした調味料と書いてあった。あやしい。実に怪しい。

そんなことが成り立つのであれば、そばとうどんのよいところをプラスしたそばうどん。ギターと三味線のよいところをプラスしたギター三味線。インドとドイツのよいところをプラスしたインドイツ。男と女のよいところをプラスした男女。人間と犬のよいところをプラスした人犬。なんてものが理論上、成り立つことになってしまう。

しかし、もしそれが本当に成り立っているとすれば素晴らしいことである。ナントカ風なんつって、テキトーかましている奴より、困難な目標にトライしている分、好感が持てる。「可能性の文学」って感じがする。

これにしょう。決意して酒味醂をバスケットにほりこんだ。

しかし、これで安心してはならない。私は物事はなににつけ、基礎・土台が肝心だと心得ており、しゃらくさい種物、やれ、天ぷらだ。やれ、しっぽくだ。と、浮ついたトッピングにかまけるのではなくして、先ずは、素うどん、を作ってみようと思っていたが、素うどんにはうどん玉と出汁以外に葱という重要なエレメントがあって、これを欠いて素うどんは成立しない。

そこで葱の売り場に赴いたのだけれども、私は内心に不安を抱いていた。

というのは、これは関東に参って以来、ずっと感じていたことなのだが、関東で葱というと、それはもう無茶苦茶にぶっとい、その青いところはほかして白いところを食する関西で言うところの根深《ねぶか》なのである。

しかしやはりそれでは正しいうどんにならず、ここはやはり、まちっと細い、その白いところをほかして青いところを食する葱が必要である。

果たして、関東に其の正しいうどんのための正しい葱があるだろうか。

疑念を抱きながら売り場にいたって索《たず》ぬるに、こほほ、言わぬこっちゃない、売り場にあるのは根深ばかりだった。

こんなものを食っているから関東戎夷になってしまうのだ。うるるるる。涙という字をもろもろにして佃煮として揚棄《ようき》したら叱られるのかしらん。

そんな愚かなことを考えながら、でもここで諦める訳には参らぬので、知っている限りのJ－popの歌詞を思い浮かべて自分を鼓舞しまた自分を慰藉《いしゃ》しながら猶、売り場を索《さが》したれば、ルルル、青い葱、あることはあった。

あることはあった、という気色の悪い言い方をするのは、その葱が必ずしも正しいうどんのための正しい葱ではなかったからで、どこが正しくないかというと、薬味ネギという名前の博多産の其の葱は青いことは青いのだけれども、きわめて細く、その径が三粍《ミリ》くらいしかないのである。

これではうどんに散らしたときに、なにかおかしげなる感じになってしまう。

しかし、ないものは仕方がない。一応は青い、この奇妙な葱で我慢するしかない。私は中原中也が葱の味噌汁を拵えているような哀しみと憤怒の混ぜ合わせ丼のような精神錯乱状態にともすれば陥りそうになる自分を例のごとくＪ－ｐｏｐで励ましながら、薬味ネギ、をバスケットに入れた。

また、記憶のなかの素うどん、には薄く切った蒲鉾が入っていたような気がしたので、これも購めた。

その他に清酒や鉱泉水も買ってずしりと重いヘナヘナ袋をぶる提げて俯《うつむ》いて家に戻ったが、心は浮き立っていた。これによって、このことによって私は本然の私に立ち返り、本当のことだけをぺらぺら喋って楽しい、どつき漫才のような人生を送ることができるのだ。

楽しみだなあ、うれしいなあ。腹減ったなあ。

そんなことを思いながら私は家に戻ったのであった。イエイ。家居。これから僕は上方の愉快なおっさんだ。博多人形のような肌を持つおっさんになりたいものだ。そんなことも思いながら私はいそいそと台所、いやさ、走り元にむかったのであった。くぐつ。屑つ。鶴。ルンバ。誰がしりとりせぇゆうとんじゃあほんだら。うるさい。俺は書きたいように書く。

三

いよいよ、うどんを作ることになった。素晴らしいことである。ほんとうによかったなあ、と思う。それはこの、うどん、という部分に他のものを代入してみれば一発でわかる。ちょっとやってみよう。例えば、

いよいよ足袋を作ることになった。

とすればどうだろうか。当然、その後は、悲しいことである。になる。だってそうだろう、足袋なんてもの素人が一朝一夕に作れるものではないだろうし、普段、洋装することが多い私のことだから、作ったところでなんの役にも立たぬ。苦労して役に立たぬものを作る、その意味がまったく理解できぬ。じゃあ、というので、たれかに上げようとしても、そんな素人がやっとこさ拵えたような不細工な足袋を誰が貰ってくれるだろうか。たれももらって呉れぬに決まっている。

こんな不細工な足袋をもってきやがって。ふざけるな。唐変木。

などと言われて塩を撒かれて終わりである。

なぜそこまで言われなければならないのか。されなければならないのか。自分が憂き世の風に

吹かれどこまでも飛んでいく紙屑のように思えてくる。

それが予めわかっているから、いよいよ足袋を作ることになった。悲しいことである。となる。

しかし、この度作るのはうどんなのでそんな気持ちにならないですむ、よかったなあ、と思う、とまあ、こういった次第なのである。

なんていつまでも御託を並べていても仕方がない。さっそくうどんを拵えよう、というので、私は鍋に水を張って出汁昆布をいれた。

うどんにとっての最重要部分、味の基礎、土台になる出汁というものを拵えようと企図して私はそんなことをしたのだ。

ははははは。昆布は買ってきたものではなく、もともと家にあったものだが利尻昆布といってよい昆布である。ははははは。愉快なことだ。と思う。

ただし、この時点で、ひとつだけ、厭だな、と思うことがあった。

というのは鍋の問題で、自分としてはなるべくそれっぽい日本的な鍋を用いて気分を出したいのだが、その私が水を張った鍋は、若妻がクリームシチュウを拵えそうな洋風の片手鍋で、色はピンク、しかも鍋の胴腹のところにハローキティという猫の絵が描いてあるのである。

なんでこんなものが家にあるのか。

まったく身に覚えがない。

おそらくは夜陰に乗じて怪漢が侵入、拙宅の台所に置いていったのであろうが、なんのためにそんな嫌がらせをするのか、その動機が不明である。気持ちが悪くて仕方がない。

しかし、生きていくにあたっては鍋というものがどうしても必要になってくるので、やむなくこの鍋を使って、もはや十年になる。

せっかくの自分自身の再開発プロジェクト、第二の人生の晴れの門出だというのに、こんないい加減な鍋を使っているようでは、第二の人生もやはり第一の人生と同じくいい加減なものになるのではないか、と思えてならなかった。

しかし、もはや昆布を投入してしまっている。後戻りはできない。私は、「出ていかんかいっ、どあほ」と不吉な考えを頭のなかから追い出し、「オッケーや、大丈夫や。俺は絶対にオッケーなんや」と唱えようと思ったけれども、そんなことを唱えているとまるで追い詰まった人みたいなので唱えなかった。

唱えないで頑張ってうどんを作ろう。

そう思ったが頑張りようがなかった。なぜなら昆布から水にその成分が滲出《しんしゅつ》する間、人間がなし得ることはなかったからである。

そこで私は昆布より水にその成分、俗にいう、うまみ成分、というものがぐじゅぐじゅ滲み出すのを待つことにしたが、わからなかったのはいったいどれほど待ったら、そのうまみ成分が、水のなかに充分に滲出するかという点である。

ぜんたい私はいろんなことが厭な性分で、それだけならまだよいのだが、厭なことをしたら厭になってしまうので、厭なことはなるべくしないようにしてこれまで生きてきた。だからこんなことになってしまっているのであるが、それはまあ仕方ないとして、いろんな厭なことのなかで私は、待つ、ということがもっとも厭なのである。大坂人には、いらち、が多いと言うが、そういうところはまだ大坂人なのだろうか。

だとすれば幸いであるが、とはいえ、生きていれば待たなければならない局面が屢々《しばしば》ある。交差点では信号を待たねばならず、カップ麺を食そうと思ったら三分間待たねばならぬ。木工用ボンドで木材を貼付けようと思ったらボンドが透明になるまで待たねばならない。私はその都度、胸を掻きむしり、頭を掻きむしり、半ば悶絶してこれを待った。しかし、大抵の場合は待ちきれずに、ばりばりのカップ麺を食し、木材の接着には常に失敗してきた。

総合病院の待合室で六時間待たされたときは錯乱状態に陥った。

頭のなかで千人の花咲爺さんが武装して暴れた。提灯行列と黙禱が同時に行われ、生きた毛虫を繋ぎ合わせて作ったコートを素肌に羽織っている感覚に悩まされ、気がつくとベッドに縛り付けられていた。変な匂いがして臭くってたまらず、家に帰してもらうまで随分と骨を折った。

さほどに待つことが苦手な私なのだが、この場合はどれくらい待つべきなのだろうか。

自分的にはカップ麺の三分が限界なのだが、しかしこれまでの人生経験に照応せしめて考えるに、三分で出汁が出るとは到底思えない。

そこでとりあえず三十分待ってみることにした。

三十分。私にとっては悠久の時間である。しかし、本然の自分に立ち返るためのうどん作りであるから修行と心得て耐え忍ぶより他なく、全裸になって時計を睨みつつ三十分を過ごすことにした。

頭のなかのあちこちから花咲爺がちらほら集まってきて、装束を解いて、テロリストのような目出し帽、迷彩服、コンバットブーツに着替え始め、その数が百人に達し、このままいくと、また提灯行列と黙禱だ。また毛虫の外套だ、厭だなあ、と思ったが、幸いなことに、花咲爺さんが二百人にならない間に三十分が経った。

さあ、次はいよいよ鰹の番であるが、さてここでひとつ告白をしなければならない。

実は私は今日にいたるまで、鰹で出汁をとったことがない。というか、料理自体、ほとんどすることがなく、味噌汁などを製作するなんてことはごく稀であったが、そんな場合は、鰹風味の本だし、なんてパウダー状の、いわゆるところの、だしの素、をもっぱら使ってきた。

こんなことを云ったら世間は、「まったくなんというものぐさな親爺だ」と呆れるだろうか。それとも、「そこらが現代で。そこらがハイカラで」と同調するだろうか。

どちらでも構わない。料理は私の本分ではない。私はこれまで味噌汁作りに命をかけてこなかった。割と片手間にやってきた。だからそこを批判されても腹が立たないし、褒められてもうれしくない。私は料理人ではない。もちろんうどん屋でもない。私がうどん屋を名乗ったらそれこそ僭称《せんしょう》である。私はただ純粋にうどんを作りたいだけだ。私の作るうどんは私にしか理解できない純粋うどんなのである。

しかし、とったことがないので取り方がわからない。わからないことはできない。どうしたものか、とハローキティの絵が描いてある鍋の前で苦しんでいると、勃然と頭のなかに、二十年以上も前に読んだ文章が浮かんだ。

伊丹十三という人が書いた、蕎麦屋による蕎麦屋特有の出汁の取り方についての文章で、鰹はほんのひと呼吸で引き上げるのが普通であるが云々、という文章であった。

その後に、しかし蕎麦屋の場合、これを徹底して煮出す、という意味内容の文章が続いていた。ということは本職でない私は一呼吸で引き上げるべし、ということで、私はこれを手がかりに鰹の出汁をとることにして、まず、昆布の出汁をぐらぐら沸かし、そこへ鰹節の袋に手を突きこみ、がっと握って、これを鍋に投入し、息を吸って吐いた。

まさにひと呼吸である。いまこそ鰹を引き上げるときだ。よかった。ひと呼吸でよかった。これで二時間ほど煮込んでください、なんて云われた日には、またぞろ花咲爺さんと毛虫のコートだ、と喜んだが、しかし同時に、本当に引き上げてよいものか、と訝しい気持ちになったのは、普通、こんなことをすれば、鍋から出汁のよい香りが漂ってきそうなものであるが、その香りがまったくしないのである。

しかし、伊丹十三はひと呼吸と書いていた。それに背いてうまいうどんを作ることができるとは思わない。

そこで考えたのは、ひと呼吸、の意味、すなわち、ひと呼吸とはどれくらいの時間を指すか、伊丹十三はどんな意味で、ひと呼吸、という言葉を使ったのか、ということで、普通に考えれば、一回、息を吸って、一回、息を吐く、程度の長さ、すなわち、一秒か二秒、の間、と考えられる。

しかし、本当にそうだろうか。

私はそうではないと考える。

なにか作業をしていて、或いは、なにかと関係していて、そのまま継続すると、悪い方向に向かいそうな徴候が見えたとき、指導的な立場にあるひとが、「ここらでひと呼吸、おきましょう」なんて云う場合がある。

その、ひと呼吸、が一、二秒でないのは明白で、まあ、十分かそれくらい、長い場合は、数日、ということもあり得る。

逆に、踊りの練習やなんかをしていて、「ここで腕を上げて、足を伸ばして、ひと呼吸おいて、ジャンプして上下にブルブル震えてください」なんて場合のひと呼吸は、0コンマ何秒と極度に短いだろう。

つまり一口に、ひと呼吸、と云っても、その長さは様々であり、私はその夫々《それぞれ》の行為におけるひと呼吸が、そのそれぞれの行為の本質とどのようにして関係するか、ということについて深い知見を有しているが、長くなるのでいまは云わず、ただ結論、すなわち、鰹の出汁をとる場合のひと呼吸がどれだけの長さかということのみを申上げる。

それは三分である。

そう。三分間、鰹を煮出せばよいのである。

私は伊丹十三の文章→ひと呼吸の範囲→鰹だし、という特殊な経路でこの結論にいたったが、それは一般的な、味見、による結論とそう隔たったものではない。

その時点で私はそう確信していたのであった。

私はうどんによる自分自身の再開発、魂のシオニズムが必ずやなる、と思っていたのである。

四

三十分間、昆布を水につけ、その水を沸騰させたところへ鰹節を投入し、ひと呼吸で火から下ろし、そこへ酒と味醂のよい部分を併せ持つという酒味醂と薄口醬油を投入した。見た感じは完璧、そして馥郁《ふくいく》たる出汁の香りが私方の厨房に漂った。

私はかつて私がいた場所へ確実に戻りつつあった。

嬉しいことではあったが、こんなことをしなければ本然の自分がわからないということはもしかしたら悲しいことなのかも知れない、という感じが身体のなかに充満して、あははは、あほほほ。と喚《わめ》きながら眼球を取り外して踊りたいような気分になった。

しかしまあ、あくまでもそれは気分だ。概ねのところはうまいことといってんちゃん。と、そんな上辺だけのとってつけたような大坂語を弄して感情を宥《なだ》めつつ、麺の茹で作業にとりかかった。

途中なんの話もなく麺は茹で上がり、これをうどん鉢に放り込み、出汁を注ぎ、麺を湯がいている間に抜け目なく刻んでおいた薬味ネギなる葱を投入、誰がみてもどこからみても大坂のうどんにしかみえないうどんが堂々、完成した。

これによって私は本然の自分に立ち返り、言文一致体なんてことを提唱する人があるらしいが、そんななまやさしいものではない、言魂一致体、すなわち、言魂のそれ合一したる状態を常時保持し、いつ如何なる場合においても嘘偽り、虚飾・虚栄というものを一切排した、真実真正の人として生き、そして死ぬることを得るのである。

よかったなあ、よかったじゃん。

と、つい横浜の人のような言葉遣いをしてしまって、以前の私であればそのことを愧《は》じ、いつまでもくよくよと気に病んでしまいには鬱の症状を呈し、低い声で、あははははははははは、と無理笑いを笑って、布団にくるまり長い石段を前転しながら転げ落ちる、といったようなことをしたに違いないが、もうそんなことはしないで済む。

だってそうでしょう、どこの横浜の人がこんな純大坂のうどんを拵えますか。拵えないに決まっているでしょう。もし、横浜の人がこんな純大坂のうどんを拵えられるのであれば、俺はこの首をやるよ。なめとったらあかんど。

なんて感じで、純粋うどんを作ったことに昂奮したが、しかし喜ぶのはまだ早かった。自ら作製したうどんを食して初めて、私は関東戎夷を脱却し、本然の自分に立ち返ることができるのである。

そのためにも疾《と》くうどんを食さんければ、おお、そうじゃ。

とて私は普段、気に入っていないのだけれどもそれしかないので我慢して使っている、沖縄に行った際に買って帰った粗末な箸を右手に持ち、左手で鉢を持ち上げて、出汁を啜った。

そう。私は出汁を啜った。

そのとき私はなにか奇妙な、ローザンヌ地方で水たまりにはまったような、そしてその瞬間に小便をちびってしまったような感覚に襲われた。

水たまりの水は冷たい。あっ、つめたっ。と思った瞬間、じゅわっ、生温かい。いったい、冷たいのか、温かいのか、どっちやねん？　という感覚である。そしてなぜここが行ったこともなければ、そこがどんなところか見当もつかないローザンヌ地方なのか、という疑念。

なぜ突然、そんな症状に見舞われたのか。不思議でならなかった。まったく見当がつかない。

もちろんそんな持病はないし、このところ体調はよかった。

いざ、本然の自分に戻れる、となった矢先にこんな症状に見舞われるなんていやだな。

でも、なあに。病は気から、というではないか。自ら拵えた、本物のうどんを食べればへっちゃらさ。

そのように自分に言い聞かせて今度は、うどんそのものを箸ではそんで食べた。

そのとき私はまたぞろ奇妙な感覚に襲われた。

なにか、八甲田山のようなところで現代詩を朗唱しながら彷徨しているような、そんな感覚に襲われたのである。

もちろんそれが「八甲田山死の彷徨」の捩《もじ》りであることは頭では理解している、にもかかわらず、絶対にやめた方がいい、と周囲の人に忠告されたことを半ば意地でやっているような、そんな感覚。

なぜ突然、そんな感覚に見舞われたのか、不思議でならなかった。

もちろんこれまでそんな感覚に陥ったことはなかったし、このところ気分もよかった。いざ、関東戎夷を脱却できる、となったそのときにこんな感覚に見舞われるなんてちょっぴり不快だな。

でもドンマイ、ドンマイ。このうまい、うどん、を食べれば everything gonna be alright だよ。アヨーヨーヨー、だよ。

そう自分に言い聞かせて今度は、またぞろ、出汁を吸った。

あっ。と思った。

スケートリンクでワカサギ釣りをしているような、森の木陰で、ドンジャラホイ、と絶叫しているような、運転資金で豪遊しているような、そんな三つのやりきれない感覚が、頭のなかの東、南、西から押し寄せてきて、半泣きで北の方角へ逃げたつもりが、間違って北東、すなわち鬼門の方角へ逃げてしまい、そうしたらいわんこっちゃない、北東には大量の鬼や各種の災いが蟠《わだかま》っており、あげなところへ突入したら命がいくつあっても足りない。

仕方がないので来た方角に戻り、三つのやりきれない感覚に投降したら、先ほどのローザンヌ地方の水たまりで小便をちびった感覚と八甲田山を現代詩を朗唱しながら彷徨する感覚もやってきてしまい、もういやでいやでたまらない、なんでこんなことになってしまったのか。今日は俺が大坂の人間に立ち返るという晴れの日なのに、とそう嘆いた瞬間、あることに思いいたって愕然とした。

私は思った。

もしかして、このうどん、まずい？

Really?

そんな馬鹿げたことがある訳がない。だってそうだろう、そらいま私は関東戎夷だ。それは認める。しかし、私は根っからの関東戎夷ではなく、二十歳になるまで大坂にいた。嘘ではない。本当の話だ。嘘だと思うのであれば、大阪市立遠里《おり》小野小学校、大阪市立大和川中学校、大阪府立今宮高等学校に問い合わせてみるといい。そういう者がおったという記録が確かにあるはずだ。

というか、国家に戸籍というものがあり、また市町村に住民票というものもある。

長いこと異国に暮らし、仕事の局面においては基準語・標準語で話すことも多いが、その気になればほぼ完全な大坂語を話すこともできる。

というか、大坂にはいまだに母親が住んでおり、その近所には妹夫婦も住んでいるのだ。

こんな関東戎夷がどこにいるだろうか。どこにもいない。

っていうか、こういう部分を考えれば、例えば書類選考みたいなことで済むのであれば、私は完全な大坂人認定を受けることができるであろう。

っていうか、仮に面接試験があったとしても、でんねん、まんねん、をとって付けたような感じではなくナチュラルに発語する自信がある、っていうか、先日、友人が都会で買った洒落た菓子を土産に呉れた際、そんな、自分を大坂人に見せ掛けたいだなんて気持ちは微塵もないのにもかかわらず、思わず知らず、「こんなんここらにおまへんでぇ」と発語していた私は間違いなく一発で合格するはずである。

そんな私が全存在を賭して拵えたうどんがなぜまずいのか。

わけがわからない。

私はいま、まずい、と云った。しかし、考えてみればそれは大した問題ではない。まずいのはいい。大坂にもまずいうどんはあるはずである。

最大の問題はそれが、大坂のうどん、になっていないという点である。

そしていま私は、全存在を賭して、このうどんを拵えたと云った。

それが失敗に終わったということは私は全存在を失った、ということになる。

人間が全存在を失うということはどういうことなのだろうか。よくわからないが、大変なことなのだろう。その大変なことに自分がいまなっているという実感がもうひとつ湧いてこないのはそれがあまりにも大変なことだからなのだろう。

そのうえで、そのことをわかったうえで、私はいまなにをなすべきなのだろうか。決まっている。いまここで絶望して無頼派などと称し、賭け事に耽り、酒色に耽り没落していくのではなく、やはりやることをやる。やれることをやる。

ダメとわかっていても、無駄とわかっていても、それでも希望を失わないでトライし続ける。けっして夢を諦めない。自分を信じて頑張れば夢はきっと叶う。こんな自分でもやり続ければきっと普通の大坂のおっさんになれる。そしてみんなで楽しく心ブラとかをできるようになる。

もちろん、それが虚しい夢、幻想幻覚であることを私は知っている。

しかし、それを知ってなお、やり続ける。それが俺の生き様やんけじゃん。

そのように心得た私は、うどん鉢を持ったまま裸足で庭へ走り出て、おおおおおおおおおおっ、と咆哮しながら、ぶちまけうどん、庭石に鉢ごとうどんを叩き付けた。

鉢は粉々に砕け、岩にうどんが見苦しく垂れた。あたりに出汁の香りが漂った。

それから三日間。私は一切の業務を中断してうどん作りに集中、ひと呼吸、の解釈を変えたり、酒味醂を排し、本味醂を取り寄せて試し、かつを節、出汁昆布も最高級品を調達した。ハローキティの鍋は廃棄し、いかにもうどんたらしい鍋を買うなどして頑張った。

カネを遣い、仕事を失った。

そして私はいま流鏑馬《やぶさめ》の稽古を始めようと思っているが、いきなり流鏑馬と云うのも難しいだろうから乗馬クラブのようなところに通おうと思っている。

おそらくそうしたところには良家の子女・良衆が蝟集《いしゅう》して上品な言葉で洒落た会話を楽しんでいるのだろう。

そんなところでグサグサの大坂語を喋って嫌がられる。ははは。おもしろいことやんけじゃんざます。うるる。

ホルモン

一

真の大坂うどん作りに失敗、流鏑馬を習おうとか、乗馬クラブで暴れようとか、そんなことを計畫しながらできないで、普通なら、計画、と書くところを、計畫、と書くなどして虚勢を張り、所詮俺は関東戎夷だ、と自暴自棄になって、ことあるごと、てやんでぇべらぼうめ、とか、まんずまんず、などと口走り、主観的に暴れ狂っていた。

そんなある日、郵便の受けをみると、小さな茶封筒が入っていた。

私のところに詐欺のダイレクトメール以外の郵便物が来るのは稀なことなので、いったいどうしたことだろうか、といつものように紙屑籠に直行しないでみてみると、送り主は尊敬する先輩、富岡多恵子さんで、急展してみると送られてきたのは、『大阪文学名作選』富岡多恵子編（講談社文芸文庫）、であった。

川端康成、折口信夫、宇野浩二、武田麟太郎、小野十三郎、織田作之助、山崎豊子、庄野潤三、河野多恵子、野坂昭如、阪田寛夫。

堅気の皆様方ならいざしらず、尻っぺたに卵の殻ひっつけたヒヨコ同然の駆け出しの三文小説家が見たら、アナフィラキシーショックで死亡してしまうくらいにゴイスなメンバーである。

といってもちろん富岡さんは私を殺そうと思って送ってくださったのではなく、「しっかりせんかい」という、叱咤の意味合いにおいて送ってくださったのだろう。

これに答えず、いつまでも、上杉禅秀のラン、などと嘯《うそぶ》いて、小股で近所の道を走って、すぐに息を切らして立ち止まる、といった、人間の屑そのもの、みたいな態度をとるわけには参らない。なので、やろう。ま一度、やってみよう。と、私が決意したのは当たり前の話である。

そんなことで色づいた紅葉の散るなかで私は再度、本然の自分に戻るために、大坂の焼き烹《た》きを試みてみようと思ったのだった。

けれどもうどんはもう懲り懲りだ。

あんな苦しい、自分というものの馬鹿さ加減を、火で煮られるように思い知るのはもうたくさんだ。もう、いやや。山の王様がきて、イイャイヤヤ、俺は山の王様だぞ。なのでいっしょにやりまひょ、と言われてもいやや。という感じに大坂の感じを込めてやらない。

じゃあなにをやるのか。

私はホルモン焼というものをやってみようと思う。

なぜかというと、ホルモン焼には、ある原点とも申すべき記憶があるからである。

あれは私が小学生の頃であったと思う。家から徒歩で五分くらいのところに、市場、があった。

市場といってもいまとなってはわかりにくいかも知れず、類似のものとして、商店街、くらいしか思い浮かばぬかも知らんが、商店街と市場は随分と違っていて、商店街というのが一本の道路沿いに展開さるるのに比して、市場は、ひとつの大屋根に覆われた、縦横無尽に入り組む路地に、間口がせいぜい一間くらいの、簡易な建築の小店が集合しているその様を指して言うのである。

幼稚な頃にはその市場にはもっぱら母親に連れられて参っておったのだけれども、だんだんに知恵というものが具わってくると、自分一人で市場に参り、市場の雰囲気を身体に浴《あ》みて、「おおっ、興奮する、興奮する」と、さすがに嘯きはしないが興奮して、市場のなかを歩き回ったり、小遣いで買い食いをするなどしたのだが、そうした際に屢々《しばしば》購入したのが右に言った一包み参拾圓のホルモン焼であった。

一包みといっても訳がわからないだろうから委《くわ》しく申し上げる。

先ず、ホルモン焼を商っておったのは誰かというと精肉屋であった。

三段か四段か知らんが、それくらいの段になったガラス棚に精肉を展示して商う傍ら、その脇・根際《ねき》に、鉄の板を設置、下から火をぼうぼう燃やしてホルモンを焼いて商っていた。

いまでも精肉屋の脇・根際にてクロケットやなんかを揚げて商いおる店があるが、あれの鉄板バージョンと思っていただいてさしつかえない。

それを専門とする小母はんがいて、篦《へら》でホルモンをかき回していた。

ホルモン申すのはご存知の内臓肉のことであって、おそらくはガラス棚で売れない端の肉、まるで蔕《へた》のような肉をそのように調味して売っていたのであろう。

なのでその小母はんは、所詮、自分はちゃんとした肉を売るのではなくこんな蔕のような肉の担当に回された人間だ、みたいな捨て鉢な、不貞腐れたような態度をとっていた。

まあ、必要以上に大人に怯える子供であった自分にはそう見えただけかも知らぬが、とにかく、その小母はんが箆でかき回した内臓の蔕を、参拾圓を差し出すと、普通の肉であれば竹の皮にくるんでくれるところを、参拾匁《もんめ》がとこを、ビニール袋に入れて、ポイ、と渡してくれたのである。

これが激烈に美味であった。

小学生であった私はこれを偏愛し、屢々購入したが、中学に入ってからは購入した記憶がない。その味が嫌になったはずはないので、店がその商いをやめたか、店そのものがなくなったか、或いは、他に銭のいることができて買い食いをやめたのか、まあ、そんなことで私はホルモン焼を食べないまま大人になり、関東に参った。

関東にホルモン焼があるのか、ないのか、まあ、探せばあるのかも知れないが、精肉屋の胁・根際で売っているのを見たことはないし、豚の大腸といった臓物は煮込料理に拵えて売っている場合が多く、関東ではそれを大量に食した。

食は人なり。という諺は、いま私が拵えた自家製の諺であるが、私がそんな風に自己都合で諺を拵えるような、くだらない人間に成り果ててしまったのは、そうして煮込料理ばかりを食べ、本来の自分、本源の自分から遠ざかってしまったためである。

あはは。あほほ。と自嘲的な笑いを笑って誤魔化すといったことは僕はもうしない。

自ら、ホルモン焼をこしらいて、これを食す。

そして本源の自分を回復するねん。といった不自然な大坂語を使うのを停止する。関東戎夷をやめる。


本然の自分のためにホルモンを焼きてほんねんホルモンほんねん

朝ぼらけのなかでついそんな莫迦《ばか》なことを言ってしまいそうな、そんな自分をこそ、ちぎりとって棄ててしまいたいのだ。

といってでもすぐにはできないのは私はいまから大坂に行かなければならぬからである。なんのために行くかというと、国立文楽劇場において開催される師走浪曲名人会を観覧するためである。

そして私には計略がある。

会は一時に始まり五時に終わる。八時半に新大阪に参れば、いま住まいする豆州《ずしゅう》まで帰ることができるので、その間を利用して、どこかでホルモン焼を貪り食らって、自分がホルモン焼を作る参考にしてこましてこまそう、と企てているのである。

わざわざそのためだけに新幹線に乗って大坂まで参るのだから、浪曲はもちろん楽しみだが、それにくわえてホルモン焼も楽しみで、ははは、二倍の楽しみがあるということは人生的に言ってもきわめて楽しいことだ。

そんなことを思いながらステーションに行き、九時四十三分に車中の人となった。

車中にては、汽車弁当をまるで餓鬼のように貪り食ってやろうと思っていたが、すぐには買わなかった。なぜならあまり早くに食べてしまうと、公演中に空腹になってしまうかも知れぬ、と思ったからである。なので、売り子が通っても、汽車弁当などにはなんの興味もない、みたいな顔をして素知らぬ顔で本を読むなどしていた。

そんなことをするうち、列車は東海道を空恐ろしいような速度でひた走り、浜松を過ぎ、豊橋も過ぎたので、そろそろ汽車弁当を買おうとしたところ、さっきまでうるさいくらいに通ったワゴンがまったく通らない。

しかし、そのうち通るだろう、と思ってまた本を読み始めたが、本に集中していてやり過ごしてはあかぬと思うから、なかなか書物の世界に入っていけず、気がつくとおんなじ行を三度も四度も読んでいる。

そんなことまでしているというのに、肝心の売り子は来ず、とうとう名古屋まで来てしまった。

そのときはもはや戯言事《じようだんごと》ではないくらいに腹が減ってきており、なんとしても汽車弁当を購《か》って食さないとたいへんなこと、すなわち、午後一杯を餓えに苦しみながら過ごさなければならない、ということになる。

およそ芸能などというものは、食う問題を解決したうえの、余裕の部分でエンジョイするものであって、飢餓に苦しみながら観ても、その芸のよいところを存分に感応することができない。せっかく高銭を払って新幹線に乗り、わざわざ大坂まで行くのに、それではなんの意味もない。そこで私は、本を棄てて、という訳ではない、また後で読むかも知れないので鞄にしまい、わずかの気配も見逃さぬよう、聴覚を鋭く研ぎすまして売り子が来るのを待った。

わずかな気配も見逃さなかった。

自動ドアーの開く音。不分明な会話。かすかな気配、物音。

そうしたものをなにひとつ聞き逃さず、そうした音が聞こえ、気配を感じるたびにその辺りに鋭い視線を走らせた。

かさっ、という包みを開くような音がしたので、思わず知らず視線を走らせ、その結果、偶然に目が合ってしまった右前方の夫婦者が、まるで中毒患者を見るような目でこちらを見て、怯えたような表情を浮かべた。

構うものか。こっちは死活問題なんだ。

心のなかでそう言ったとき、ワゴンサービスがゆらゆらやって来た。見逃すものか。私はこれを呼び止め、「味の博覧会」とかなんとかいう汽車弁当を壱阡圓にて買い求め、「なにが博覧会かっ」などと罵りながら、まるで餓鬼、どころではない、真の餓鬼、と化してこれを貪り食らった。よって味はわからなかった。めしのような、うまさのようなものが、怒りと焦《あせ》りと喜びの混ぜ合わせのようなものが、脳髄のわりとどうでもよいようなところで幾度か閃光を放っただけであった。
貪り尽くした後にはゴミが残った。
ところは京であった。

二

師走浪曲名人会を聴くために国立文楽劇場に参ると申し上げ、今回はその話をたっぷりとしようと思っていたのだが、ちえええええええええ、あんまりじゃわいなあ、できなくなった。その時間がなくなったので、その途中のいろんなことを飛ばしてホルモン焼の話に入る。なぜその時間がなくなったかについては最後に申上げますする。

　ということで長年、関東に住み、本来の大坂の人間としての心を失ってしまった私はホルモン焼を作った。その経緯は以下の通りである。

　まず私は垂れを作った。垂れ。私は本当はそんなものは嫌いである。だってそうだろう、垂れ、ということは要するに垂れ下がっているということで、垂れ下がるよりは屹立している方がしゅっとして恰好がよい感じがする。

　いま私の耳に、なにを言っているのかわからない。わかりにくい。伝わってこない。という選挙民の声が聴こえた。わかった。じゃあわかりやすくフィギュアスケートに例えて言ってみるとあれは突然に垂直にジャンプすることにその最大の味があるのだろう。まあ、それ自体も常人のなし得るところではないのかも知らぬが、普通にクニクニしておったかと思ったら突如として空中に飛び上がりクルクル回るから見る者は、うっわー、すっごいわー、と思って称賛する。

それがおまえ、普通にクニクニしておったかと思ったら突如としてグニャグニャになって垂れ下がってしまったら人はどう思うだろうか。なにをふざけとんねん、なにをさぼっとんねん、としか思わんやろ。というとそれでもわからん、という人もあるかも知れず、そういう人のために別の喩えをすればよいのだけれどいまも言うように時間がないので先へ進む。

ということで私は不本意ながら垂れを作った。ただ、それはその垂れそのものに対する不本意なのではなくして垂れという語の背景にあるものに対しての不本意であって、時間がないので結論から言うと、垂れ、という実体に対して私は何らの思いも持たなかった。

それは飽くまでも醬油とか出汁とかそんなものの複合体であって、それ自体は、おどま盆からさきゃオランダ、といって、おらんど、と、オランダ、は別ものだが、不在という意味において同一なので不問、というより、無問、なのであった。

と言うと、なにを言っているのかわからない。わかりにくい。伝わってこない。という選挙民の方がおられるかも知らんが繰り返し言うように時間がないので放置する。

垂れ。これを作るために私は鍋という名の器に酒という名の液と味醂という名の液を入れた。器に液を入れる。このことに詩情を感じるものはおそらく皆無であろう。もちろん私もそこに詩を感じることはなかった。しかしそのとき私は、こういうことに詩を感じるのが本職の詩人なのだろうなあ、と思っていた。定家卿がいま生きていたら没落貴族になって南森町でうどん屋をやっているのかなあ、なんて思って、そんな破天荒な設定の小説を書いて六万部くらい売れたら西九条に賃貸住宅を借りて愛人を住まわせることも或いは可能ではないのかなどと下賤なことを考えていた。

などということは時間がないのでこれ以上、言わぬ。とにかく私は器に二種の液を混入したのである。

次に私がなにをしたか。多くの賢明な読者はこの愚劣な文章を読むのを途中でやめたに違いない。なので書くこともないのだが、しかしまあ、なかには読んでいる人もあると思いたいので書くと、私はこれをガス火で熱した。

なんのためにそんなことをするのか。ガス火が鍋底にあたるその美を鑑賞するためか？　違う。見当違いもいいところである。私はそんな暇人ではない。私は庶民であり、生活人である。そんなことでガス代を空費する余裕はない。馬鹿にするのもいい加減にしろ！　と大きな声を出すこともないですね。ごめんな。時間もないのにどうでもいいこと言って。お詫びにビートルズという人たちが作ったミッシェルという楽曲を無伴奏で歌いましょうかねぇ。いいですか。そうですか。じゃあ、先を続けましょうか。ええっと、なんでしたっけ。忘れました。ああ、そうそうそうそう、ベンガラ塗りのベンガラという塗料に頭から突っ込んで溺れ死んだ人の話ではぜんぜんなかったですよね！

殺すぞ。その感嘆符。ごめん。ほんと、ごめん。僕が二液を熱したのはそのアルコール分を除去するためだったのです。

といってじゃあ、なぜアルコール分を除去するのか。という問いに対する答えを私は持たない。強いて言えば、その方が旨いから？　だったら最初から酒を入れなければよいじゃないか。人が苦労をして造った酒の酒たる部分を除去する。それってなんなのよ。と問われて僕はガスレンジの前で立ち尽くし言葉を失う。

その通りなんだよね。だったら最初から生まれなければよい。死ぬために生きるのか。生きるために死ぬのか。ああ。臍《へそ》で茶を沸かすことができたらどんなにか幸せだったろうか。それともそれは苦しみそのものだったのか。

そんな時間つぶしを言っている間にアルコール分が飛んだ。そこへ私は以下のものを混入した。すなわち、鶏のスープ、醤油、蜂蜜、唐辛子、胡麻、胡麻油、ニンニク、胡椒である。

なんでそんなものを入れるのか。ことに鶏のスープなどと綺麗な言い方をしているが結句、鶏の死骸を水で煮出したものではないのか。鶏が可哀想だと思わないのか。おまえには慈悲の心はないのか。

そんな声が生駒《いこま》山から響くのを聞いて私は育った。そしていまは立派な関東戎夷。最低の男だよ。といって爽やかに笑って朝日を浴びて歯磨き、或いは乾布摩擦をする。そうすると音楽。チャンチャーララチャチャ、チャーンチャーララチャチャチャ、チャチャチャチャラ、チャチャチャチャラ、チャチャラチャチャ、ホイッ。腕を前から伸ばして股の間を通して自分の後頭部の毛髪を強く引っ張って首をもぐうんどおっ。みたいなことができていたらこんな文章を綴らず、エグザイルの教えを守って強く生きていた。子供の頃、親に連れていってもらった奈良ドリームランドにはなんの夢もなかった。ただ、空と雲があった。

そんなことを言いながら、もうなんなのかわからなくなったまさに、垂れ、の様相を呈す液体をさらに過熱した。

十分ばかり経っただろうか。もうええんちゃう。誰に言うともなしに言い、火を止めた。ははははは、あはははははは。黄金バットの声で笑い、五十過ぎてこんなことやっている、と呟いて少し泣くうちにあら熱がとれた。

あら熱。なんという下品な言葉であろうか。最近は、あらあらのプランなんつう奴もいる。一時はざっくりとしたとか言うてたな。全員、バブルとともに死んだ。粗利というのは経営上は大事なんだろうが、粗利至上主義というのはどうなのだろうか、実際のとこ。私は企業経営をやったことがないのでわからない。けれどもあら熱がとれたのだから仕方がない。しははは。すははは。せははははは。そははははは。俺は小説家だから本当は別のいい方もできるのだがな。まあ、いまはあえてそういっているということにしておく。

なんて保留にしておく時間はないが、そのことを論じる時間もマジない。とにかくそういうことで垂れができたのだった。というのは嘘で、実はまだ垂れはできていない。なぜかというとこれを十二時間かそこいら、寝かせる、必要があるからである。

寝る。寝かせる。両者には無限の隔たりがある。それをひとつに結びつけるのが、絆、である。

という奴がいたら俺は殴る。殴り返してきたら最高に嫌な笑顔で謝る。

おまえを寝かせる、という奴がいたら、どうやったらそんなことができるの？　とたねる。でも垂れはたれてこない。黙ってタッパーウエアーのなかで寝かせられている。そして絶対に寝ていない。寝ないで寝かせられている。

なぜ寝かせるの、という問いに対する答えがそこにある。あいつらは寝ないで寝かせられて熟成ということをしているのだ。俺は醬油だ。俺は酒だ。俺は味噌だ。俺はミディアムレアだ。俺は男だ。俺は課長代理だ。俺は議員だ。俺はプレミアム会員だ。そんなことをいうことをやめる。そんなことを寝ている間に夢にしてしまう。それが熟成ということだ。成熟と言っても同じことだろう。主体がある限りそれはできない。だから寝かせられる。冷蔵庫、すなわち死体置き場に寝かせられるのだ。俺もたれかに寝かせられたいがそれこそが夢だ。俺は酒になりたかった。それすらその本質を過熱されて飛ばされているのだがな。

同じことを何度も言うのは年のせいかな、時間がないので寝ている間のいろんな体験は全部省略して先へ進む進む進む。日章旗を掲げて進軍する。というと左翼の人に怒られるのか。怒りたかったら勝手に怒れ。俺だっていろいろ怒ってるんだよ。

って、嘘、嘘。ごめんな。ごめんね。愛してるよ。っていうのも嘘やけどな。なんてことはどうでもよく、とにかく垂れが成熟した。そうすると次はいよいよホルモンのその本体のことを語らなければならない。そこでできれば平家物語のように琵琶の伴奏で語りたい、と思って、楽天ショップとかアマゾンドッコムとかで見たら、どっひゃーん琵琶って百万円くらいするんやね、この原稿のために百万円使ったら磨赤児。しかし、私だってやるときはやる。赤字だからやらないなんて吝嗇は云わない。そんなことを言っていたら文章の切っ先が鈍る。

と言って思い出すのは心斎橋のクラブクアトロというところに音楽の演奏をしにいったときのこと。ひとりのケチな関東戎夷のメンバーが大坂出身者の私に、NHKにはどうやっていったらよいのか、と聞くから、タクシーで行ったらすぐやで、と答えたところその者は、でもタクシー代、出ないんだよ、と言った。

出なくたって行きたければ自分で出していけ。あなたがたは赤字を怖れてはなりません。って、イエス様がユダに言ってなかったっけ。言ってないわ、ぼけ。ごめんな。

って、今日は謝ってばっかっしゃ、さっぱわややな。

と大坂弁で誤魔化すのは悪質な常套手段、はっきり申上げる。やはり時間がなくなってホルモンをこの場では焼けなかった。でも俺、焼きましたよ。結果はいまは言いません。まだ結果が出たとは思ってないから。俺らは永遠に途上で、死んでなお振り返る背中を持っているから。それが文学ということとちゃいますか?　俺にこの原稿を頼んでくれた人よ。

って訳でみなさん。さようなら。この腐りきった魂の持ち主にお付き合いいただきありがとうございました。実に楽しかった。またどこかで会おう。さようなら、さようなら。お元気で。お元気で。と二回謂《い》うのはエコーです。

お好み焼

一

今から、お好み焼、の話をしようと思っている。それは誰が。私が、である。私が、お好み焼の話をしよう。と思いながらこれを書いているのである。と、文章が無茶苦茶になるのは自分のなかに迷いがあるからで、じゃあ、それはどんな迷いかというと、なんの前置きもなく唐突に、お好み焼、の話をしてよいものだろうか、という迷いである。

人はそれぞれの人生を生きている。突然、お好み焼の話をされても困惑するばかりだろう。なかには、「忙しいのになにをのんびりお好み焼の話さらしとんどゃどあほ。殺すぞ」とひどいこと立腹する人もあるかもしれない。

だったらお好み焼の話などやめて、誰もが興味を持つような、サッカーやグルメや温泉の話、或いは、景気動向、政局などの話をすればよいようなものだが、そうもいかぬ事情があって、私はいまはどうしてもお好み焼の話をしなければならない。

まことにもって因果なことで、なんでこんな人前でお好み焼の話をしなければならなくなったのか。そこには様々の奇ッ怪なる事情があった。まずそれについて説明しよう。

そもそもの発端は、記憶では「大阪人」という雑誌の編輯者G氏が私方にやってきたことに始まる。その日が晴れだったか雨だったか、或いは曇りだったか覚えておらないが、その日は朝から、カッパのようななにかが、私の心の中で、なにかこう、輪投げのようなことをしていたのを覚えている。

それも薄らいできた午頃、G氏は私方にやってきた。用件は単純明快、G氏は言った。
「此の度、大阪人という雑誌の編輯業務を担当することになった。ついては文章を寄せられたい。期日は幾日。稿料は幾ら。否か応か。存念を伺いたい」

私は直ちに答えた。「諾」と。なぜなら文章を寄せるのは私の生業であったからである。

そして私はその約束を瞬間的に忘れ、菜の花を見つめたり、膝の曲げ伸ばし運動をするなど多忙な日々を送っていた。

そのまま忘れていれば或いは幸せだったかも知れない。ところが私は期日直前になって勃然と約束を思い出してしまった。

思い出した以上は約束を果たさなければならない。約束を守らないやつは人間の屑だ。さあ、果たそう。

私は勢いごんで机の前に座り、そして愕然とした。

約束を果たすためには文章を書かなければならないのだが、その、肝心の文章がまったく思い浮かばなかったからである。

なぜそんなことになってしまったのか。驚き惑いつつ、原因を追究したところ、原因はすぐにわかった。

通常、文章を書く場合、その意味というか内容というか、ああなってこうなってこうなる、といったようなだいたいの先行き、とか、それが無理ならば、主題、とまではいかなくても、大体なにについて書こう、例えば、これからの金融行政のあり方について書こう、とか、これからのサルマタについて書こう、程度のことは決めておくのだけれども、私の場合、それらをまったく決定しないまま、机に向かった。だから書けなかった、と、まあこういう具合であったのである。

ならば話は簡単で、なににについて書くかを決めればよいわけで、私はなににについて書くかを決めるべく考えた。

その場合、決め手になるのは雑誌の性格である。例えば、「趣味の園芸」という園芸に関する知識・情報、四季のコラムといった記事の載る雑誌に、シャブ地獄にはめられソープに沈められた若妻の手記、などという記事はやはりふさわしくなく、そこは、「貧乏人のための食べられる野草」くらいがギリギリの線だろう。

そしてこの場合、雑誌の性格はというとずばり、大坂、であった。つまり、いかにも大坂っぽい、大坂の感じの文章、或いは、大坂に関する知識、情報。もっとも渋いのは、司馬遼太郎みたいな蘊蓄みたいな感じがあれば最高ですよ、ということである。

私は、やった。と思った。楽勝やんけ。と思った。

なぜなら私は大坂に生まれ、大坂に育った、文字通りの、大坂人、であり、そんなことは半ば居眠っていても可能、と思われたからである。

で、やろうとしたが、結論から言うと駄目だった。

なぜか。私が大坂に住んだのは〇歳から二十歳まで。しかし、以降は関東に移り住み、いまはもう五十半ばで、関東に四十年住むうち、私は現地人化してしまった。知らず知らずのうちに大坂人ではなくなっていたのである。

後醍醐帝は、関東者戎夷也天下管領不可然、と言った。

この、戎夷、という言葉が私の心に重くのしかかった。

勿論、天下を管領しようなどと大それたことを考えている訳ではない。ただ、戎夷、という激しい言葉によって故郷喪失の悲しみが実体化したのである。

それがわかって私は荒れた。自暴自棄になってサイダーの一気のみをしたり、もうこうなったら裏庭でハーブとか育ててやろうか。そして赤福餅を喉に詰まらせて死んでやろうかとも思った。

しかし、やがてそれは退嬰《たいえい》的な考えだ、と思うようになった。そして、もう一度、本然の自分というものを回復してみよう、と決意した。

そのために私は、うどん、からやり直した。大坂人のソウルフードとも言うべき、うどん、を自ら拵え、食すことによって大坂の魂を回復しようと試みたのだ。

結果は必ずしも芳しくはなかったが、私は諦めることなく、ホルモン焼にトライした。

そしてその一方で私は、一部始終を記録、「大阪人」に狂熱的なリポートを送った。私は同時にG氏との約束も果たしたのだ。

評判は上々であったと聞く。私はこの分でいけば、あと何品か料理を拵えて食せば大坂人の魂を回復して、メデタシメデタシ、ということになるのかな。その暁には御堂筋で孤独なパレードでも敢行しようかな、と思っていた。

ところがある日、異変が起こった。

院庁《いんのちょう》に兵馬が乱入したのである。

ということでは勿論ないのだが、ある政治的な理由で雑誌が突如として休刊になったのだ。

大坂及びその周辺の関西圏に住んでおられる人たちはそのあたりの政治的な理由についてある程度委しい事情を知っているようだったが、関東戎夷である私にはなんのことかよくわからなかった。

落胆した私はそれぎり、大坂人のソウルフードを自ら拵え、これを食すことによって本然の自分を取り戻す作業をよしてしまったが、このことで私を批判する人がでてくるのは致し方のないことだろう。

そりゃあそうだ、言うように、それが真に、魂の回復、なのであれば、雑誌連載があろうがなかろうが、自分の事業としてこれを行えばよい。雑誌に連載をして人々の評判にならなければ行わない、そしていやな話ではあるが、稿料という形で銭を貰わないと行わない、のであれば、これは純粋な魂の事業、とは言えぬであろう。

ところがあながちそうとも言えぬのは、それが、大坂の魂、であるからである。

いま私は、純粋な魂、と言った。純粋ということはどういうことかというと、余のことが混じらない、単一のもので形成されたるもの、ということである。

なので、関東戎夷の純粋な魂、と言った場合、他の、静岡とか盛岡とかの混ざらない、関東だけで構成された魂、ということになってこれは成立する。

ところが、大坂の純粋な魂、というのはその語自体に大きな矛盾をはらんでいるのである。

どういうことかと言うと、江戸っ子の愛好する、そば、と、大坂の、うどん、を比較してみるとよくわかる。

委しく述べると長くなるので一言で言うと、そば、は単純であればあるほど価値が高いとされ、うどん、は複雑であればあるほど価値が高いとされる。

つまり、そば、においては、天ぷらそば、五目そば、といった所謂《いわゆる》ところの、種物、は、真のそばではない、と軽侮されるが、うどん、においては、そうした傾向は見受けられず、むしろ、種物、であるのがあたりまえで、かけうどん、を食すること自体が珍しい。

ということはどういうことか。結論から申し上げると、大坂においては、純粋なもの、が尊ばれることはなく、むしろ様々のものが、ミックス、された状態が尊ばれ、それは魂のレベルにまで及んでいるのである。

したがって、大坂の魂の回復過程においては、それによって評判をとりたい、それによって日銭を稼ぎたい、という気持ちが混ざろうといっこうに差し支えがない、というか、逆に、それこそが、そうしたものをともすれば純粋を志向する魂に混入していくことこそが、大坂の魂の回復そのものなのである。

という訳で、批判が的外れなものであるということがわかって喜んで、泥酔して渋谷の路上で、よく知らない女の人と手を取り合ってくるくる回転するなどしていた前だったか後だったか、よく覚えていないのだけれども、こういうことを神慮というのだろうか、或いは、神秘というのだろうか、偶然と必然炊き込みご飯というのだろうか、Tさんという人とHさんという二人の人が急に家にやってきて、「例の関東戎夷焼煮袋の続きを書かぬか」と言ってくれたので、私は神に打たれたような気持ちで本稿を起こしたのである。

そして考えてみれば、お好み焼、というのは、いま言った、ミックスする考え方、が、具体的な形をともなって現れたようなもので、お好み焼を自ら拵え、これを食したら完全なる魂の回復、本然の自分の回復が実現するに違いないと朝焼けのなかで確信とかしたい気持ちでいっぱいなのである。

そんな訳で早速、お好み焼、を拵えたいのだが、申し訳ない、朝になってしまった。個人的な事情を申し上げて申し訳ないのだが、本日は町内会のどぶさらえがあって、どうしても出席しなければならない。

心情的にはそんなものには出席しないで、一刻も早くお好み焼を拵えて魂を回復したいのだが、出席しないと政治的に非常に苦しい立場に追い込まれる。なので、とりあえず筆を擱《お》き、続きはどぶさらえが終わった後に申し上げる。ごめんな。

二

どぶさらえはつらかった。くっさいし、さっむいし、おもろないいし。みんな自分勝手なことばかり言って人の話を聞いてないから、ぜんぜん前へ進まないし。

けどまあ、なんとか終わらせた。もうあんなことは二度とやりたくないと思った。来年はどぶさらえの時期には格安航空で韓国とかにいって安宿に隠れていようとさえ思った。

さて、とはいうもののなんとかやりおおせて帰ってきたので気持ちを切り換えてお好み焼の話をしようと思う。

といっていきなり別の話になって申し訳ないが、四十年前、畿内より東国に参って驚いたのはトンカツ屋の多さであった。東国に参って私が宿ったのは世田谷の代沢《だいざわ》界隈であるが、近所を歩いているとトンカツ屋がある。

あ、こんなところにトンカツ屋がある。トンカツなんざあ、向こうではあまり食することもなかったがこんな近間にあるンだったら一度、食してみるか。なんて、思いつつ横目に見て通り過ぎて、ものの百米《メートル》もいかないうちにまたトンカツ屋、そこから少し行くと、またトンカツ屋、って調子で、いけどもいけどもトンカツ屋が途切れることはなく、或いはこの界隈は日本でも有数の豚の産地なのか、なんてことも考えたがそうでもないらしい。ということは、この界隈の人が異常にトンカツを愛好し、週に何度も何度も、下手したら毎日のようにトンカツを食べるため、これだけトンカツ屋があって潰れないでやっていけるということで、おかしなところに宿ってしまったものだ。そう思うとなんだか町中が油臭いような、脂でベトついているような心持ちがしてきて胸くそ悪くなった。

いっそ宿替えをしようかとも思ったが、その銭もないため我慢して住むうちいつの間にか気にならなくなった。というか、その後、多少、形勢を回復して、近間だけではなく、渋谷新宿、上野池袋、品川や、ときには綱島町、大宮あたりまでも伸《の》して歩くようになったが、いずれの町にもやはりトンカツ屋が櫛比《しっぴ》して、それにいたって初めて関東なるところはトンカツ屋が極端に多いところと知った。

だからどうということはないのだが、そこで関東の知り人と話していて、なにかの拍子東西の食べ物屋の話になった折、なんの気なしに、

「それにつけても関東というところはトンカツ屋の多いところだな」

といったところ彼は、濁りよどんだ目で、

「ええ、そうかー」と言うばかりではかばかしい反応を見せなかったのは、あまりにも当たり前すぎて特に変わった光景に見えないのだろう。

その会話の後、彼は、「ちょっと失敬」と言ってトイレに立ち、暫くすると輝くような目になって戻ってきて勢いごんで別の話を始め、トンカツのことはそれきりになった。

そんな古いことを思い出したのは、そのように関東にトンカツ屋があるのと同じ感じで、関西ではお好み焼屋があるのかなあ、と思ったからである。

四十年間、関東に住んでいるのでいまはどんなことになっているか知らないが、思い出してみると、関西の辻辻には確かにそんな感じでお好み焼屋があったような気がする。

気がする、といって断言できないのは、それも関東人にとってのトンカツ屋と同じで、町の辻にお好み焼屋があるのは、あまりにも当たり前、日常的な光景で、特に気にしたり意識したりするということがなかったからである。しかし、具体的にどういう局面で、お好み焼を食したのかが思い出せない。というのもやはり、お好み焼があまりにも当たり前、日常的な食べ物で、それを特別なものとして記憶することがなかったからだろう。

とはいうものの記憶という観点から言えば、お好み焼そのものは当たり前でも、それを食べたときの状況が特殊・特別、例えば、愛する人に別れ話を切り出され半泣きで食べた、とか、酷寒の中、全裸で滝に打たれながら食べた、といった状況であれば、その状況に結びついて記憶しているのではないか、と考え、記憶を探ると、幾つかの状況が記憶の淵の水底から水面に浮かび上がってきた。

実は私は、恥ずかしい話であるが若い頃、心の駒が狂ってパンクロッカーの群れに身を投じていたことがあるのだが、思い出したのはいずれもそのパンクロックカー並びにパンクロッックが絡む記憶であった。

まず思い出したのは、阪急電車の田舎の駅から三十分くらい歩いた、田んぼと何軒か固まった小住宅が混在して、その間にポッンポッンとパン屋やクリーニング屋が点在する地域の、そうした、小住宅を改造して拵えたお好み焼屋で、私はその店に関東からきたパンクロッカーを案内したのだった。

といって隠れた名店をわざわざ訪ねていったという訳ではない。

その田んぼと小住宅の混在する地域に、群れの誰かがアパートを借りており、関東から来た別の、群れ、がそのアパートに一泊、翌日の午前にゴソゴソ起き出して、腹が減った、と言うので、阪急電車に乗って京大坂に参るのは勿論のこと、田んぼと小住宅の間の道を三十分も歩いて駅前まで行くのも面倒だ、というのでアパートからもっとも近い食べ物屋である、そのお好み焼屋に連れて行ったのである。

余談になるが右の経緯がわかりにくいかも知れないのでちょっと説明をすると、当時のパンクロッカーの群れと群れの間ではこういうことがいくらもあった。

つまり関東から京大坂に、群れ、がやってくる。普通であれば宿屋へ泊まるのだが、当時の群れはカネを百ももっておらぬゆえ、宿賃が払えない。そこでどうするのかというと、京大坂の群れの誰かの家に泊まる。これならば宿賃がかからない。粗末なものだが飯も食わせてもらえ酒も飲ませてもらえる。

となるとしかし、それでは京大坂の群れの連中は持ち出しばかりで損ではないのか。そんなビジネスモデルが成立するのか、というようなものであるが、そこはうまくしたもので、京大坂の群れの者が関東に参った場合は、こんだ、関東の者が宿と飯を提供するのである。

冒頭で、東国に参って私が宿ったのは世田谷の代沢界隈、と申したが、それも宿屋に泊まったのではなく、そうした群れの者の家に宿ったのである。

といって、いくら人間とけだものの中間領域を生きるパンクの輩と雖《いえど》も、アルバイテンくらいはするであろうし、そこはやはり都合・事情というものがあって、そういつもいつもは泊まれないだろう、と思う人もあるかも知れないが、あの頃は、そうした小さな、群れ、がいくつもあって、顔見知りの群れの都合が悪くても、その人がまた別の、群れ、に問い合わせてくれ、そこが駄目でも、その人がまた別の、群れ、に問い合わせ、そうこうするうちにどこかしら引き受けてくれる、群れ、が見つかるのであった。だからよく知らない人の家に泊まることもあったし、よく知らない人を家に泊めることもあった。と言うと、そんな知らない人のところに泊まったり泊めたりするのは危なくないのか、と思う人があるかも知れない。

まあ、当時でも一般社会ではそうだったのかもしれない。しかしあの頃のパンクロッカーの群れの者には、社会の最底辺に生きる人間ゆえに持っている矜持のようなものがあり、仁義意識が極度に発達していたので、知らない人を泊めて物を盗まれることもなかったし、若い女が一人で泊まって、本人の意志に反してどうにかされる、ということもなかったように思う。

少なくとも私は当時、若い男であったが、本人の意志に反して菊門を脅かされたということはなかった。また、狭い社会でそういうことをすれば、あいつはああいう奴だ、という話が群れから群れに伝わって、群れを追放される。

もともと一般社会から逸脱、または脱落して群れに来ているわけだからそこを追放されたら他に行くところがないということをみんなよく知っているからそういうことはしなかったのである。

って、すっかり話が逸れてしまった。

とにかく私はそういった訳で、関東の群れの連中をお好み焼屋に連れて行ったのである。

あ、そう、ついでにもうひとつだけ申し上げておくと、冒頭に申した代沢の宿りというのは、このとき案内した、群れ、のなかのひとりであり、群れ特有の相互扶助の実例である。

さて、そのお好み焼屋はどんなお好み焼屋だっただろうか。

私は何度もその前を通り、やあ、こんなところにお好み焼屋があるのだな、と思っていたが入るのはそのときが初めてであった。

以下、その店がどんな店だったのかを、要らざる文学調の心理描写や風景描写を排し、レポート調に記してみよう。

まずその外観は、というと、間口はそう、まあ、一間半かそれくらい、和風のアルミ引き戸があって、大坂なれば道具屋筋、関東なれば合羽橋《かっぱばし》で買うてきたような暖簾が掲げてある。

暖簾には、紺地に白で、お好み焼、という崩し文字が染め抜いてあり、それによって行人はこの店がお好み焼屋であることを知るのである。

暖簾をくぐり、中に入ると混凝土《コンクリート》の土間である。広さは二坪かそれくらい、ほんの玄関先、という印象で壁際にテーブルがふたつ並べてある。

このテーブルというのが一風変わったテーブルでいわばお好み焼専用テーブルとでも申すべきテーブルである。どんなかというと、ああ、もういまはそういうものはなくなったのかなあ、四十年くらい昔、一般家庭のダイニングテーブルと言えばこれだったのだが、いまでも場末のラーメン店などに見ることができるかも知れない、まず脚は細い金属である。そのうえに天板が乗っかっているのだが、この天板の表面に、なんつうのだろう。メラミン化粧というのだろうか、つるっとした木目調のプリントが施してある。一昔前のこたつの天板のような感じである。

そしてこれがお好み焼テーブルのお好み焼テーブルたるゆえんなのだが、この天板の真ん中を炉を切るように、しかし、炉のような正方形ではなく、長方形に切り、そこに鉄板が嵌め込んであるのである。

鉄板の下には瓦斯焜炉《ガスコンロ》が仕込んであり、瓦斯焜炉から青い瓦斯ホースが延びている。

テーブルは肩が触れ合う四人掛けで、短い方の側面に瓦斯焜炉の操作スイッチが付いている。

そんなお好み焼専用テーブルが、おそらくこれも道具屋筋などで購入したのであろう、その店には二脚装備してあった。テーブルの壁際には金属の罐が置いてあり、青海苔、鰹節、濃いソースなどがあって、その脇横には油を塗るための専用具が置いてある。

その上に品書き。関東の群れの連中はこうした店が珍しいのか、ほっほーん、と呟きて店内を見回している。そのとき奥からこの店の主とおぼしきおばんが、いらっしゃい、と言いながら出てきた。

私はこのおばんについて語ろうと思うのだが、申し訳ない、本日はこれから豚の餌やりの手伝いにいかなければならない。友達が養豚をやっているのだ。そんなことは面倒だしやりたくないのだが、友達を裏切ることはできない。とりあえず筆を擱き、続きは豚の餌やりが終わった後に申し上げる。ごめんな。

三

養豚は辛かった。豚小屋を掃除する際、水が冷たくて手がもげるかと思った。豚は自分勝手で人の気持ちを忖度《そんたく》することなどまるでなく自己主張ばかりしていた。もう養豚の手伝いは二度とやりたくない。今度、頼まれたらなんといって断ろうか。けれども断ったら友情がなくなる。そのことを考えるだけで気持ちが暗くなってくる。

なので、養豚のことはさっさと忘れて記憶に残るお好み焼屋のおばんの話をしよう。

おばんは年の頃は幾つくらいだっただろうか。まあ、六十から八十の間くらいだっただろう、髪の毛は銀髪で色白、紺色の着物姿であったように思う。確か白いエプロンをしておったように思う。要するに、全体の印象としていかにも素人っぽく、身より頼りのない老婆が老いの身を養うため慣れぬ商いを始めたという風であった。

そんな風なので客も少なく、恐らくは近所の子供や母親たちがたまに立ち寄る程度であったのであろう、そのときも最初から最後まで客は私ども関西関東の、群れ、の者ばかりであった。

当今、知らぬ街の、いかにも顔を見知った客だけを相手にするみたいな小さな店に、ぶらっ、と入るのは随分と勇気の要る為事《しごと》といえよう。入る方は、常連客中心で冷たい扱いを受けるのではないだろうか。最悪の場合、法外な料金を請求され、断ったら脅されたり、殴られたりするのではないだろうか。なんて考えるし、入られた方も、こいつらはマナーをわきまえぬモンスター客ではないだろうか。ことによると食い逃げかも知らんし、と警戒する。

だから知らない街ではなるべく多くの人を相手にしているような店に入るし、そうした小店に入るときは事情を知る人の案内を請う。或いはそれがかなわぬときはガイド本を購《もと》めたり、検索をかけて調べたりして出掛けたりする。

しかし、往時はそんなことはなかった。おばんの方でも、明らかに、群れの者、である我々をまったく警戒しなかったし、我々は躊躇することなく、なかの様子の窺い知れぬおばんの店に入っていった。

なぜそんな豪胆なことができたかというと、それは当時はいまのように個人が様々の情報を得ることができなかったからだと思う。

と言うと、「なにをおっしゃいますやらキャベツやら。情報が少ないということはより不安になるということじゃないですか」と反論する人があるかも知れないが、逆である。

情報が少ない方が人間は他を信用できる。なぜなら、情報が少ない場合、いま現在、自分が持っている情報、すなわち、常識、に基づいて物事を判断するからである。

店に入っていきなり殴られる。毒の入った料理が出てくる。入ったところが滝壺になっており、入ったが最後、二度と浮かび上がれない。などということは常識で考えれば、まずあり得ないことである。なのでそういう常識では考えられないことを想像して怯えるということはない。

しかし、多くの情報を得ることができるようになるとそうはいかない。なぜなら、世間には常識では計り知れぬことがときどき起こるからで、そうしたことが起こりうる、と知ってしまったら、そうしたことが我が身に降りかかる恐怖から免れることができなくなる。

そこで、そんな目に遭わぬために事前に情報を仕入れる。ところがそうして情報を集めると、よい情報と同じくらいか、或いはそれ以上にネガティヴな情報も集まってくる。ますます恐ろしくなってもっと情報を集める。もっと恐ろしい情報が集まってもっと恐ろしくなる。

どこの店にもいけなくなり、自宅でカップ麺を調味して食べる。

ということになるのである。って、なんの話をしているのか。そう、おばんの話だった。文学趣味を排して簡潔に、などと言いながらまったく違う話になった。すまんのすまんの満濃町。つまりなにがいいたいかというと、おばんは一見《いちげん》の客である、群れ、の者を疑わず、群れ、の者も、おばんの店を疑わぬという信頼・信用がそこにあったということである。

さあ、それでできますものはどんなものであったかということだが、正直に言うとよく覚えていない。ただ、特殊のものがあったなれば記憶しているはずだから、あったのはごくごく一般的な、豚玉、牛玉、イカ玉、ミックス玉、モダン焼、といったようなものであったのだろう。

といって、なんのことかわからぬ人もなかにはあるかも知れぬので一応、説明しておくと、豚玉、とか、牛玉、などといっておるのは、メインとなる具のことで、豚玉には、豚の肉と鶏卵、牛玉には、牛の肉と鶏卵が入っておる、という次第である。

ではミックス玉、とはなにか。というと、豚の肉、イカ、或いは、エビと鶏卵が入っており、すなわち、異なる種類の具がmixされているのであり、そこでこれをミックス焼と称するのである。

となってくると、モダン焼、というのがよくわからなくなってくる。

他の、豚玉、などと同様に考えれば、モダンの肉が入っている、或いは、モとダンが入っている、という風に考えられるが、そうではなく、このモダンとは、modern、すなわち、現代の意で、日本語で表現するならば、現代焼、または、少し捻って、今様《いまよう》焼、と表すのがよいだろう。

そしてその本然は、というと、豚玉の上にソース焼蕎麦を乗っけたもので、関西、ことに大坂では、こうした斬新・奇抜なものを、現代、モダン、ハイカラ、と呼んだ時代があった。

これには、日本的な、或いは、上方流の情趣・情感と相反する、欧風趣味や関東趣味を無慙なものとする心が底調にあるが、それを受容する自らを嗤《わら》う心が表層にあるのだと愚考する。ハイカラうどん、などもそうだ。

そうした具が取っ手付きの金属カップに入って出てくる。といって当たり前の話だが金属カップには具だけが入っているわけではない。金属カップの基層部には、タネ、すなわち、出汁やその他の調味液調味粉を混ぜた薄力粉を水で溶いたもの、と、細かく刻んだ、英語で言うならば、

chop、した、キャベツを混ぜたものが入っており、具、はそのうえに盛られているのであり、赤い肉と黄色い卵黄のコントラストはきわめて美々しいものである。

さあ、こうした品書きを見た関東の、群れ、の者は、「なにのことやらわからない。なにを註文すればよいのか」と、私の指導を請うた。右に説明した、豚玉、牛玉、といった言語の意味が理解できなかったからである。

普段は傲岸不遜、ときにこちらに対して議論を吹きかけてきたり、泥酔して農業用水に飛び込んで気勢を上げるようなことまでする関東の元気者が素直に教えを請うているその様が愉快であった。

私は、豚玉、を誂《あつら》えたらよいだろう、とえらそうに教えた。

私は、豚玉、こそがお好み焼の王であり、余のものは凡下に等しいと考えていたからである。その考えは基本的にいまも変わらない。

しかし私はそのことについて味覚的な議論をしようと思わない。また、私に味覚的な議論を仕掛けてくる者があったとしても相手にしない。無視する。

勿論、私は牛玉、イカ玉を食してはならない、などという狭量な議論をしているのではない。ときにそんなものを食するのは味覚上から考えても十分に意義のあることだし、ことにミックス焼などは、あらゆるものを混淆することを尊ぶ大坂の自由な魂、という観点から考えればむしろ奨励されることで、その立場から考えれば、豚玉しか認めない、というのは悪しき純化路線である。

それをわかったうえでなお私は言いたい。

豚玉はお好み焼の王である。なんとなれば。

ぶたたま。この美しい響きはそうした味覚的な議論を既に超越しているからである。ぶたたま。発音する度に震える。なにが。そう。私の大坂の魂が喜びとともにコンニャクのようにブルブル震えるのである。

その、震え、が人格の根底・基層にあるか、ないか。というのは大きな問題である。

その、震え、があって初めて、mix、が理解できるのではないだろうか。ミックス焼というものがあり、モダン焼というものがある。

そのなかで、モダン焼というものは、焼蕎麦と豚玉のミックスである。ならば厳密に言えば、これをもミックス焼と呼ぶべきである。既存のミックス焼と区別がつかないというのであれば、スーパーミックス、とでも呼んでおけばよい。ところがこれをモダン焼と呼ぶ、そのことを感覚的に理解できるか、できないか。それさえ理解しておれば、もはやなにをミックスしても大丈夫だし、なにを註文してもオッケーなのだ。

なにを言っているのかわからない。と言う人があるかも知れない。無理からぬところだ、私も自分がなにを言っているのかわからない。

ただひとつだけ言えるのは、初めて食べるお好み焼が、豚玉かイカ玉かで、その方の、その後のお好み焼観は随分と違ったものになるだろうということで、それは、大坂で布団屋になるか、東京でパン屋になるか程度には違うだろう。

まあ、とりあえずそんなことで私は教えを請う関東の、群れ、の者に豚玉を註文するように勧めた。

そして勧めに従って関東の、群れ、の者は豚玉を註文、これを承ったおばんは、いったん奥に引き込み、暫くしてからさっき言った、金属製の取っ手付きのカップに入った註文品を盆にのせて運んできた。

さて、ここから先が問題で、お好み焼はこの先、ふたつの異なった道筋を辿ることになる。

というのは、金属のカップには水で溶いた粉と刻んだキャベツとスライスした豚の肉と割った鶏卵が美しく盛り合わせてあるが、いくら美しく盛られていてもそのままでは食べられず、食べるにはこれを鉄板に流して焼成《しょうせい》せんければならぬが、その際、店の者がこれを焼くか、客が自らこれを焼くか、というふたつの道筋があるのである。

これはお好み焼に限ったことではなく、しゃぶしゃぶ、鋤《すき》焼、焼肉、といったものにも共通している。ただ、それらは店に入る段階で自らこれを焼くか店の者が焼くか、大凡《おおよそ》の予測がついているが、お好み焼の場合、明らかな場合もあるが、よくわからない場合が多く、このときもおばんが金属カップを運んでくるまでどちらかわからなかったが、おばんが、「おまっとうさん」と言ってカップを置き、そのまま行ってしまおうとしたので、この店は客が自ら焼くスタイルの店である、ということがわかった。

わかったら黙って焼けばよいのであるが、そうはいかなかったのが店に入った以上、調理・調味は万般、店の者がするだろう、と心得ていた関東の群れの者で、群れの者は自分で焼かなければならない、とわかった途端、恐慌を来した。

その慌てぶりたるやまことにもってあさましく、そこでさあどうしたか、っつう話なのだが、申し訳ない、実はこれから友達が生まれて初めてパンチパーマをあてる、というので付き合ってやらねばならない。というのはそいつはハマムラという名前なのだが常に眉毛の下がった実に気の弱い男で、そんなところにもひとりではよういかぬというのだ。普通なら、そんなものひとりで行け、と突っぱねるのだが、ちょうど自分も散髪をしいたいと思っていたところなので、ついでに行ってきて、続きはさっぱりしてから申し上げる。ごめんな。

四

散髪は最悪だった。というのは、散髪屋のおっさんが人の話をまったく聞かぬ男で、この男には、パンチパーマをあて、僕は普通のこざっぱりした髪型にして貰いたい、と言っているのにもかかわらず、私にパンチパーマをあて、友人をこざっぱりした髪型にした。お陰で行く先々で人に笑われ、侮られている。もう二度と、友達の散髪に付き合うのはやめようと思う。とりあえず紙に、パーマネントはやめませう、と書いて自宅の前に掲示した。

といってさて、自分でお好み焼を焼けと言われて関東の群れのものが恐慌を来した話をしたのだったね。話を進めましょう。

そう。関東の群れの者は恐慌を来したのであった。というのは、しかし無理のない話で、彼らはそれまでそうした形式、様式を経験したことがなく、いわば言葉の通じない外国でまごまごしている観光客のようなものであった。

それでも自分の国の風儀・風俗がグローバルスタンダードと思ってそれ以外の者を未開人として見下していればそうしてまごつくこともないのだろうが、それまで地方を回って演奏をしてきて、せんど地方の客に蹴とばされ、また、興行成績の方も芳しくなく、いわゆる、旅先の御難、のただ中にあって、すっかり気を弱らせていた彼らなので、自らお好み焼を焼け、と言われ、「そんな難しいことをいわれてもできない。よしんば仮にやったとしても、やりかたが変だと嗤われ、嘲《あざけ》られ、やはり関東の奴らはものを知らぬな。そんなことだから演奏もまずいのだ。と批判されるに決まっている。そんなことになったら俺たちは自分を恥じて恥じて、もうこれ以上、人間でいることができない、ってことになってテクマクマヤコンテクマクマヤコン豚さんになーれ、といって豚に変身して給食の残飯を貪り食って生きることになりましょう。そんな悲しい思いはしたくない。でもあなた方は私どもに自らお好み焼を焼けと仰るのですね。ああ、悲しいことだ。辛いことだ。旅になんか出なければよかった」

と内心に思って恐慌を来したのだった。

ならば、現地コーディネーターというか、事情通というか、そういう立場にある私が指導するなり、手ずから焼いてやるなりすべきなのであるが、ところがそれができなかった。

なぜできなかったかというと、私が通常では考えられないくらいの不器用者であったからである。

どれくらい不器用だったかというと、例えば、釘一本満足に打つことができなかった。どんなに慎重を期しても、全身全霊でこれに取り組んでも、私が打つと釘は途中で斜めになり、折れ曲がり、垂直に入らなかった。その挙げ句に、釘ではなく指を打ち、粉砕骨折して病院に駆け込むこともしばしばであった。

そんな私がもし包丁など持ったらどうなっただろうか。指なんてなものはほとんどなくなっていただろう。

という訳で私は調味・調理と言ったようなことは一切できなかったし、そもそもそんなことをしようなんて大それたことは考えたことがなかった。

そんな私も四十年後のいまは少しばかり包丁が持てるようになった。棚なども吊れるようになった。かつての自分を思うとき、私はつくづく思う。人間というのは成長するものなのだなあ、と。そして、人間というのは無限の可能性を秘めているのだなあ、とも。

この様子、すなわち、ひとりの若く惨めなパンクロッカーが、時を経て、人前で小便をちびる、泥酔して得意先をしくじる、食い逃げと間違えられて殴られる、など様々の苦難を経験、人間的に大きく成長し、五十の坂を越える頃には、自由自在に釘も打て、丸鋸《まるのこ》を操って木材を切断する、などという離れ業もできるようになり、それればかりか、チャーハンを作ったり、浅漬けを漬けたりできるようになる、その様子を一篇の、いわば成長小説として綴って出版すれば千部とはいわないまでも、三十部くらいは売れるのではないかなあ、と思う。

という企画はまあ、別の機会に詳しく詰めるとして、とにかくこのとき私は箸にも棒にもかからぬ不器用者であったため、関東の群れの者に代わって、調理をしてやることができなかった。

しかし、ここでなにもできないでいたのでは関西の群れの者としての面目が丸つぶれになる。

そこで私はいかにも事情を知った者のような顔をして、おばんに次のような内容のことを言った。すなわち、この者たちは関東戎夷で、そのうえ若い者でもあるので、お好み焼を自ら焼く能力がない。そこで、おばん、申し訳ないが格別の慈悲をもって、この者たちのためにおばんがここに来て、このお好み焼テーブルの脇に立ってお好み焼を焼いてもらえないか。えらいすまんけど。と言ったのである。

その際、流暢な大坂弁を用いたのはいうまでもない。

さて、そう言われたおばんはどのような反応を示しただろうか。

おばんは、ごく気さくに、よろしおま。と、言ってお好み焼を焼いてくれた。

その鮮やかな手際を見て関東の群れの者は感嘆の声を挙げ、そして焼き上がったお好み焼を、コテという専用のヘラを不器用に使いながら食したうえで、美味絶佳である。日本料理の白眉《はくび》である。と言って絶讃した。

もちろん、そこまで絶讃するほどのことはないのだが、長旅、それも御難続きの旅で気が弱っているところ、思わぬ親切、人情に触れて嬉しかったのであろう。或いは、その嬉し味が隠し味となって加味されたのかも知れない。

おばんはこの後、おまん、食べなはるか。と言って饅頭をサービスしてくれた。

関東の群れの者が感涙にむせんだのは言うまでもない。

というのが、当時の関西におけるお好み焼の一業態で、パンクロッカーの群れにまつわる記憶を辿りつつこれを紹介してきたわけだが、概ね、雰囲気はご理解いただけたように思う。

しかし、勿論、これは一業態に過ぎないわけで、他にも様々にお好み焼の業態はあり、叙述するうちにその他の記憶も鮮明に蘇ってきたのだが、当時、私どもはどうも、ことあるごとにお好み焼屋に参っておったようで、その他の業態を示す店の記憶はすべて、群れの記憶と分かちがたく結びついている。

しかし、いまのごとくに細かく紹介をすると、いくら時間があっても足りず、また、根本の様式等は概ね同じなので、実例を単簡に紹介して、その他の業態の説明となすことにする。

その一は、例えば大坂は新世界というところにあるお好み焼屋で、私どもはパンクロックの練習をしたる後、深夜まで開いているこの店に屡々《しばしば》参った。

新世界というところは知っている人は知っているだろうが、知っていない人は知っていないだろうから念のために申し上げると、映画や演劇で有名な、通天閣、というのがあるあたりの一角を指していい、大坂のディープな魂が凝って固まったような圏域である。

そのお好み焼屋は、その通天閣の南東の広場に面した路面店で、一間半のアルミ樹脂のドアーを開け放ち、五坪ほどの混凝土土間にお好み焼テーブルを五脚かそれくらい置いた入れごみの店であった。

おばんの店との違いは従業員をおいている。住宅街ではなく繁華街で営経している。という点が違っていた。できますものや価格はおばんの店とそう変わらなかったように思う。

スタイルとしては店が焼くスタイルであった。

その二は、京都の河原町今出川という、河原町通りと今出川通りの交錯する地点の近くにあったお好み焼屋で、繁華街という訳ではないが、通り沿いには飲食店や事務所、医院などが建つ地域であった。

そのお好み焼屋は、その河原町今出川から東に一町ほど参ったところに建つ雑居ビルディングの二階にあった。

大坂の群れの者と京都の群れの者が一攫千金を夢見、レコード盤というものをこさえようと企て、河原町今出川近くのスタジオで録音をなした帰りに入ったと記憶する。

おばんの店との違いは従業員をおいていたこと。新世界の店との違いは、新世界の店が実用本位であったのに比して、内装などに、いい感じ、を醸成しようとしていた点で、皿小鉢やなんかもキュートなものを揃え、店のあちこちに手書きPOPを掲示してあった。

できますものや価格はおばんの店とそう変わらなかったはずである。ただし、そうして、いい感じ、小洒落た感じ、を醸し出そうとする店主の指向性を反映してか、おばんの店や新世界の店にはなかった、コーヒー、紅茶がおいてあった。ひとりのものは、みながお好み焼をとるなか、焼蕎麦とペプシコーラをとって食べていた。いま、まざまざと思い出したが、私は豚玉をとり、これをコテでお星様の形にカットして食べた。

スタイルとしては店が焼くスタイルであったように記憶している。

その三は、往時に比すれば少しく寂れてしまった感のある新世界に比して、現役バリバリの繁華街である、大坂は、ミナミ、の地下街にある、チェーン展開をなしたるお好み焼屋である。

この店に入った際、私は既に大坂を売り関東に逃亡していたのだが、ちょっとした催事があり、関東で新しく作った群れの者を率いて久しぶりに関西に戻ってきていた。

そのお好み焼屋はいまも言うとおり、大坂ミナミの地下街にあって、周辺には飲食店、衣料品店、雑貨店などが櫛比していた。

店は割合に広くて樹脂やメタル、大理石調パネルなンども多用しており、数多いる従業員も黒服を着用するなど、おばんの店、新世界の店、河原町今出川の店とは随分と趣を異にしていた。これを一言で言うと、ちょっとよそ行きな感じのお好み焼屋、ってところか。沿線に住まう若いカップルや工場仲間が女同士で休日に訪《おとな》う、みたいな感じ感、と言えばわかりやすいだろうか。もちろん往時の話である。

価格も家賃相場を反映してかおばんの店やなんかに比べると稍《やや》高め、できますものも、キムチ焼、牛すじ焼、などといったファンシー焼が考案され、いンま、関東やなんかで展開するお好み焼屋はみな、この流れの末と思われる。

さて、駆け足でその形態について述べてきた。この他にも通っていた高等学校の近くにあった店、駄目なアルト吹きと行った河内松原の店、詩の雑誌の高慢な女編輯者と参った吉祥寺の店などについても触れたいがまあ、こんなところで十分だろう。

後は、いよいよ実践。言い残したことも、実際にお好み焼を焼いてミックスの魂を回復しつつ申し上げようと思うのだが、申し訳ない、なにを考えているのか隣のおばはんが私方にホースで水を撒き散らかしながらなにか喚き散らしているので、文句を言いにいかなければならない。続きは、文句が終わってから申し上げる。ごめんな。

五

隣のおばはんは無茶苦茶だった。ホースで水を撒き散らし、喚き暴れ、高木によじ登っては飛び降りるということを繰り返し、「そんなことをしたら死にますよ」と注意したのだが、ちっともやめず、そのうち、近所の人が集まってきて、それはよいのだけれどもなにか私とトラブルがあるかのような誤解を受け、そうではない、あの人が勝手に水を撒いて暴れているのだ、と言ったのだがなかなかわかって貰えず、そのうち警察が来て警察にもしつこく事情を聞かれ、へとへとに疲れてしまった。

これからは一切の関わり合いを絶とうと固く心に誓った。

さて、いつまでもそんな愚劣なことを言っていても仕方がない。疾《と》く、真の魂の回復にとりかかろう。

そう考えて私は、あらよっ、と、ここは関東戎夷らしく表の方へ飛んで出た。なぜか。いうまでもなく、お好み焼を作製するために必要な材料、すなわち、薄力粉、鶏卵、キャベツ、豚肉などを購入する必要があったからである。

私はそれらを購入するためにスーパーマーケットに参った。私は常からスーパーマーケットのことをSMと表記しているので、申し訳ない、ここでも以降はSMと書かせて貰う。人に合わせてスーパーマーケットと書くとなんだか、自分を偽っているような気がするので。ちなみに、ホームセンターのことはHCと表記している。

午前十時であった。SMは老人でごった返していた。やはり、老人は朝にSM、というケースが多いのだろう。それに比べると若い人は夜にSM、というケースが多い。主婦などは午後にSM、という感じなのだろうか。私は夕方にSM、ということが多い。

多くの老人が狭い通路で立ち止まったり、呆れるほど仔細に商品を比較検討していたりするため、なかなか前に進めない、という苦難を乗り越えて私は野菜売り場と肉売り場に参った。

私はこの、売り場、という言い方が好きだ。

売る場所、だから、売り場。同じように乗る場所は、乗り場、である。これらはときに、うりば、のりば、と平仮名に開いた表示板等があって、なにか、こうウキウキするような感じがしたり、ノリノリな気分になったりする。

そういう場所に、古今亭うり馬、なんて噺家が現れて、「毎度この、エスエムなんてもなア」と陽気な話を聞かせてくれるのではないか、という幻想も浮かぶ。

つまりそれくらいにオープンマインド、オープンハートな感じがする、ということである。

私はすべての場所を、この、〇〇場、という呼び名に統一することを提案すればよいのではないか、と思う。例えば、便所、などという殺伐とした言い方はやめて、小便し場、とする。食堂、などという毫《ごう》も心に響かぬ言い方を廃して、飯食べ場、ということにする。ラブホテル、などという欺瞞的な言い方はよして、気色ええことし場、と言う。

そんなことから私たちの心が解けていく。開いていく。それが平和を愛する諸国民の公正と信義に繋がっていく。

私たちは、し場、でいろんなことをし、食べ場、でいろんなものを食べ、見場、でいろんなものを見る。そしてそこは常にふたつのものが立つ場所、すなわち、立ち場、でもある。

というのは、売り場、が、同時に、買い場であるように、し場、は、され場、であり、見場、は見られ場であるのだ。そのことによってなにが生まれるか。言うまでもないが、おもいやり、の心である。

そしてこれらはみんな大坂の心でもあるのだ。そのことを私は生涯、忘れないで生きていこう。そして南無阿弥陀仏と唱えていこう。税金の高さに文句をつけたって仕方がない。私のこのささやかな消費も農業の方の、そして養豚業の方の、そしてその流通を担う方々の所得の一部になるのだ。みんなで、そう、みんなで上を狙っていくしかないのだ。

そんな愚かなことを考えながら私は豚肉とキャベツを買った。

キャベツについてはいろんな産地のキャベツがあった。まるまる一個のキャベツがあり、また、半分に切ったものもあった。しかし、私には迷いがなかった。

私は半分に切ったキャベツを買った。なぜならまるまる一個のキャベツを買った場合、自宅の冷蔵庫に使いきれなかったキャベツが残ることになるからである。

もちろん、そんなことは忘れてしまえばよいのだが、忘れたからといって冷蔵庫のキャベツが消えてなくなるわけではない。なので、忘れつつもときどきは思い出してこれを使わなければならない。しかし、そういうときに限って、どうしても白菜を食べたいような気分になる。鰻の蒲焼を食べたいような気持ちになる。コーヒーゼリーを食べたいような気持ちになる。というか、なんでもよいからキャベツ以外のものを食べたくなるのである。

そこで、自分の気持ちに素直になりなさい、と誰かが言っていたのを無理矢理に思い出して、キャベツ以外のものを食べる。

そんなことを二、三回繰り返すうち、冷蔵庫のなかのキャベツを実に疎ましく思うようになる。なにか別のものを食べる度に冷蔵庫のなかのキャベツが頭に浮かんで嫌な気持ちになる。冷蔵庫のキャベツに恨み言を言われているような気になる。

また、冷蔵庫のなかのキャベツは実際に疎ましいものとなっていく。というのは、低温で保管しているとは言い条、そこはやはり生もので、次第に萎《しな》びて、また、黒ずんで、みるからにまずそうな外観になっていくのである。

そうなったらもはや廃棄するしかないのだが、なかなかそうできないのは、元は新鮮でおいしかったキャベツを新鮮でおいしいうちに食べてしまわないで、他の白菜やコーヒーゼリーを食べてこんな状態にしてしまったのは自分、という後ろめたい気持ちがあるからである。なんてことはキャベツ自分、双方にとって不幸である。だから私は半分のキャベツを買うことにしたのである。がしかし、半分のキャベツといってもひとつだけ売ってある訳ではなく、売り場、には半分のキャベツが山積みに置いてある。このなかからどのキャベツをとってもよいのだろうか。朝からＳＭ、という老爺《ろうや》老婆たちは鵜の目鷹の目で、これを仔細に点検している。なにをそんなに点検しているのか。それは推測するに葉の量である。どういうことかというとキャベツの中心のところには、芯、というものがある。葉は緑で柔らかいが、この、芯、は白く硬い。そして葉の部分は食べておいしいが芯の部分は味気なく、かみしめると、人生の悲哀、という言葉が頭に浮かぶ。

十代の頃、たびたび出演した、Bahama、というライブハウスで供する焼蕎麦には、このキャベツの芯しか入っておらず、まずいと評判だった。

しかし、芯のないキャベツはない。というか逆に芯があるからこそ葉が健全に成長する。だから芯のないキャベツを探すのは無駄である。ただし、キャベツは芯があっていきなり葉になるのではなく、芯は徐々に葉になっていく。つまり、芯→葉、という単純な構造ではなく、芯→半ばは芯のような葉→半ばは葉のような芯→葉、という複雑な構造になっており、朝からＳＭ、という生命力に溢れた老人たちは、この、葉、と、半ばは葉のような芯、の部分が全体に対して多くを占める半分のキャベツを探そうと躍起になっているのである。

これは断面が露わな半分のキャベツだからこそできる芸当であるが、私はこれを浅ましい行為だと思う。卑しい心根だと思う。

なぜかというと、その根底に、自分さえ葉の部分の多いキャベツを買ってよい思いをすれば、他のものはどうなってもよい、という利己主義的な思想が根付いているからである。

自分さえ得をすればよい。自分さえよい思いをすればよい。

私はこうした思想は醜いと思う。むしろ、自分がこの葉の多いのをとったら他の人が芯の多い部分をとることになる。それは気の毒なことだ。と、思う、そうした心がいンまのご時世には必要なのではないか。と思うのだ。

それがさっき言った、オープンマインドの、思いやり、ということなのではないかと。そんなことを思うのだ。絆、やなんかはどんどん断ち切っていけばよいと思う。なぜなら、絆、というと聞こえはよいがそれは別の言い方をすると、しがらみ、であるからだ。

しかし、思いやり、は持っておくべきだ。人として。

と、私がこんなことを言うと、
ははは。きれい事を言っているな。そんなことではこのグローバル化した世界で生き残っていかれないんだよ。世の中は市場原理主義の競争社会なんだよ。このバカ鳩がっ。死ねばいいのに。

と言って私を罵倒する方が現れるに違いないが、そうではない。早合点をしてはならない。私はなにも芯の部分の多いキャベツを選んでとれ、と言っているわけではない。思いやる気持ちを持て、と言っているだけだ。

じゃあ、実際は葉の多いのを選んでとるのか。それだったらSM好きの爺さん婆さんとなにも変わらないじゃないか。と嘲る人があるだろうが、それも早合点だ。

じゃあどうするのか。

私は、どちらにしろ選ばない、という態度をとった。

つまり運を天に任せて一番上にある半分のキャベツをむずととる。それで葉が多ければそれでよし、芯が多くとも恨んだり呪ったりせず運命に従う。

すべてを神様にお任せする。という態度である。

その結果はどうだったかというと、まあまあのキャベツだった。というか、瞥見《べっけん》したところ、そこにある半分のキャベツの芯と葉の割合はほとんど同じで、違いがあるといってもそれはけっこうミクロな違いだった。なので選びに選んでも同じ結果にしかならなかったのかも知れない。選ばないということは時間の節約になるし、思いやりも持てるし、いいことづくめだった。

それから私は行けども行けども私の前に立ちはだかるSMのおじいさんおばあさんに苦しみながら肉売り場にたどり着いて肉を買ったので、次はそのことについて申し上げよう。

六

若い頃には過剰な欲、功名心、虚栄心、嫉妬心、猜疑心などに自ら苦しみ、また、それによって他を苦しめる、といったこともあるのだけれども、だんだんに年をとってくるとそれらが薄れてくる。

例えば若い頃は、同じ年頃の多くの者が女にもてているのを見て、自分も女にもてて気色のよい行為に耽りたい、と強く念願する。なぜ、あいつがもてて俺がもてないのだ、と怒りすら感じる。

中年になっても状況はあまり変わらない。女にもてたいと強く思う。なぜなら同じく中年でありながら女にもてる者が半数程度いるからで、見るにつけ羨ましく思う。ただし、若い頃のようにそれを理不尽に思うことはない。あいつは金持ちで人間もどことなく粋だからなあ、と寂しく納得する。

初老になると少し違ってくる。それくらいの歳になると女にもてる者はごく少数で、もてないのが普通だからである。女にもてたいという気持ちは変わらずあるので、もてない苦しみ、悲しみは変わらないが、若い頃と比べると、それも随分と薄らいでいる。

そしてもっと歳をとると、女にもてたい気持ちそのものが薄らぎ、そういう面倒くさいことはできれば避けたいなあ、なぜならしんどいから。と思うようになる。身体は衰え、しかし、心は澄んで、庭石と美女を同じ心で眺められるようになる。

こうした状態を、枯淡《こたん》の境地、という。

楽器がアホみたいにうまくなりたい。というのであれば、アホみたいに楽器の練習をすれば二年くらいでなれるかもしれないが、枯淡の境地に至りたいと思って二年間、アホみたいに枯淡の練習をしたところで、枯淡の境地、に至ることはできない。

なぜなら枯淡の境地に至るためには実際の時間すなわち、老い、が不可欠だからである。

そんなことで、自分もいつかは枯淡の境地に至ることになり、そうすればいろんなことが楽になるので早くそうなりたいなあ、とこれまでは思っていたが、SM老人をかき分けてようやっとたどり着いた肉売り場で、「無理かも」と思った。

肉売り場には無数の人間が殺到しており、その数は野菜売り場の比でなかった。その多くは老人であったが、肉に群がるその姿は枯淡とはほど遠い、肉に憑かれた肉の亡者そのもので、その肉に対する執着・執念たるや凄まじく、立ちこめる妄執の気配はキャベツ売り場の比ではなかった。

肉、肉、肉。頭のなかには肉のこと以外、なにもないように見えた。誰も目を血走らせ、或いは、ギラギラ光らせ、髪を振り乱して肉を渇仰《かつごう》していた。

ある者は牛ヒレ肉のパッケージを手に取り、顔から三糎《センチ》くらいのところにまで近づけ、たっぷり三分は肉を凝視した後、パッケージを棚に戻し、別のパッケージを手にとってまた凝視し始めた。どうやら売り場にあるすべての肉を凝視するつもりらしかった。肉を欣求《ごんぐ》するあまり凝視せずには居られないようだった。

またある者は豚バラ肉の棚のところで身体を直角に傾けて、すなわち、最敬礼をするような格好で腰をかがめ、顔面を売り台のぎりぎりのところまで近づけて肉を凝視していた。おそらく最初は少しだけ顔を近づけていたのだろう。ところが肉を熱望するあまり、少しでも肉に近づきたい、少しでも近くで肉を見たい、という気持ちの高ぶりとともに自分でも意識しないうちに、身体が段々と前に傾いてあんな不自然な格好になったのだろう。なので当人は自分が奇態な格好をしていることに気がついていないのかも知れない。最敬礼の姿勢のまま十分も動かないで居るのは相当に苦しく、通常の精神状態であれば到底耐えられるものではない。或いは、肉を激しく求めるうちに肉に対する畏敬の念のようなものが生じてあのように深く頭《こうべ》を垂れているのだろうか。

その他にも小刻みに痙攣《けいれん》しつつ肉を見つめる者、アウアウ言って涎《よだれ》を垂らしつつ肉に向かって何事かを語りかける者、歓喜恍惚の表情を浮かべる者、頭を掻きむしって喚き散らす者、念仏を唱える者など、おそろしく浅ましい妄執は一通りや二通りではなかった。

奇異なのはなかには若い者も混じっているが、その殆どが老人である点であるが、考えてみればそれもそうなのかも。とも思う。

若いうちは身体も元気なのでいくらでも肉を貪ることができる。いつなんどきでもいくらでも貪ることができるとなれば人はかえってそのことに鷹揚になる。しかし身体が弱ってあまり肉を貪ることができなくなる、或いは、まったく肉を貪ることができなくなれば肉を求める気持ちはより純化し、より強くなるのかも知れない。

というのはしかし、右に言った、枯淡の境地、理論と矛盾するように聞こえるが、そうでないというのは、枯淡の境地に達し、美女と豚肉を同じ心で眺められるようになるには、身体が弱っていくのと同時に心が澄んでいかなければならないが、多くの場合、身体が弱るばかりで心が澄んでいかないからで、ということは当然、ただ単に身体が弱っただけで枯淡の境地にはほど遠い、ということになり、となれば朝のＳＭでこうした痴態を晒すのも当然、ということになる。

そして我が身を振り返れば、若い頃に比べて身体は随分と弱った。じゃあ、心は、というと、澄むどころか、かなり濁っている。はっきり言って、悪臭を放つどぶ、で、このままいけば目の前の実例と同じく、私が枯淡の境地に到達することはけっしてない。

そんなことで私は無理かも。と思ったのである。

しかし、いつかはそうした枯淡の境地に至りたい気持ちはある。そのためには、濾過《ろか》装置を取り付けたり、木炭を沈めるなどして心のどぶの水質改善をしなければならない。ただし、すぐにはできない。なぜならいま現在、私は魂の回復事業の真っ最中であるからで、二兎を追う者は一兎をも得ず。いまは持てる力のすべてを結集して魂の回復を行い、魂の回復がなった後、心のどぶの浄化を行うべきである。

もちろんそのために残された時間は少ない。私もまた老人である。だからこそ、いまは魂の回復を急がねばならない。具体的にはお好み焼を焼いて食さねばならない。

そう自分に言い聞かせて私は身をよじるようにして肉欲に取り憑かれたSMの老人と老人の間に手をねじ込んで、手探りで豚バラ肉のスライスを手に取り、これを籠に入れた。

そして私は鶏卵も買いたる後、薄力粉売り場に向かい、薄力粉を買おうとして思いも寄らなかったあるものに遭遇した。

それは、誰にでもおいしいお好み焼が焼けるよう、薄力粉に鰹節の粉やその他、うまみ成分などを予め調合した、言わば、お好み焼ミックス、とでも言うべき小袋に入った商品であった。

手に取ってみると、パッケージの裏側にはご丁寧にも、「お好み焼きの作り方」と題した図入りのレシピまで印刷してある。

つまり、これを用いれば、愛知県常滑《とこなめ》市の人であろうが、山形県新庄市の人であろうが、誰でも等しく、おいしいお好み焼を焼くことができるという寸法である。

それは素晴らしきことだ。みんなが佛の前で平等であるように平等においしいお好み焼を焼いて食べることができる。素晴らしき弥勒の世の到来だ。

私はそう思おうと思ったのだが、あまり思えなかった。

なぜなら私はお好み焼を焼いて食することによって本然の自分を回復しようとしていたからで、例えば、ここにひとりの関東戎夷が居たとする。

この人は私の如く途中から関東戎夷になったのではなく、元からの関東戎夷。したがって私のように、本然の自分を回復したいなどとは思っていない。

この人とて、このお好み焼ミックスを使えば、苦もなくおいしいお好み焼を焼いて食することができる。それはそれで慶賀すべきことだけれども、一方、私はどうなるのだろうか。

そんな関東戎夷が、特に何事かを強く意識することもない、日常のちょっとした食事のために、何の気なしに購入した、安価なお好み焼ミックスによって回復せられたる私の魂というのは果たしてどんな魂なのか。

ぺらっぺらの、やっすい魂、である。

人がちょっとした楽しみ、としか思ってないことに過剰な意味を見出し、力み返り、必要以上に力を込め、半狂乱で取り組んでいる、ただのアホ、の魂、である。

周囲はゲラゲラ笑っているのに、まったく気がつかない勘違いの極北で、大真面目にひとり芝居を演じる猿の魂、である。

だったとしたら、それはむっさ恥ずかしいことで、私はこれまでSMの老人の執着を批判的に語ってきたが、批判もなにも、この場所で自分が一番、アホだった、ということになる。

そのことを認めるのは自分にとってまことにつらいことで、なんとか認めないで済む方法はないか、と脳漿《のうしょう》を絞るようにして考えたら、ははは、あった。

それは以下のような理論である。

私が回復したい魂はどんな魂か。それは大坂の魂である。では、大坂の魂とはどんな魂か。それはまあ、いろんな言い方ができると思うが、例えば冒頭で申したとおり、ミックスを尊び純粋を尊ばぬ魂であり、また、徒《いたずら》に理想を追い求めるのではなく実際的合理的経済的なるを尊ぶ魂である。

さてそしてお好み焼ミックスが安直に過ぎる、というのであれば、それを排して薄力粉を用いるべきであるが、実はそれが却って大坂の魂を損じるということを我々は知らねばならない。なぜならそれは、右に申した大坂の魂とは正反対の、純粋を尊び、ミックスを排し、徒に観念上の「本格」を追い求め、合理性経済性を犠牲にする魂のあり方に他ならないからである。

我々はそうした、「本格」主義。本物志向とは一刻も早く決別しなければならない。

そも、本格お好み焼、などというものは存在しない。そんなものは「行列」好きの関東戎夷に任せておけばよい。我々が「本格」に堕すことがあってはならない。使えるものは使う。省ける時間は省く。そしてそのことをこれっぽっちも後ろめたく思わない。というか最初からこんなことを考えない。その魂は物事を厚い薄いによって判断せず、さらに高い次元の基準により判断する。よって、この商品によってお好み焼を焼き食することによって回復される魂がぺらぺらの魂であるということにはならない。

以上の理論によって私は危機を乗り越え、理論に基づいてお好み焼ミックスを購入し、その他、紅ショウガ、青のり、鰹節の粉、などを購入、妄執に憑かれた老人でいっぱいのSMを出た。

外に出ると晴天であった。

空が真っ青で澄みわたっていた。

こんな日に自宅にひとり閉じこもってお好み焼を焼いている人ってもしかして悲しい人？　と、そんな思いが一瞬頭をよぎったが、そんなことは考えない考えない。人間は諸事前向きにいかないと駄目だ。そう思って口笛を吹いたが、なぜか自分でも驚くほど悲しいメロディーになってしまったのはなぜだろうか。なぜだろうか。

七

大坂の魂を回復するのかなんか知らんが、その後、心のどぶ、を浄化して澄み渡った境地に至ろうとするのかなんか知らんが、ＳＭに参ってお好み焼ミックスや鰹節の粉などを購入し、それらの入ったへなへな袋をぶら下げ、背中を丸めて歩いている老人というのは、実に悲しく滑稽な存在なのではないだろうか。

ふと頭をよぎったそんな考えを打ち消すために、ことさら明るく、口笛なンどを吹いて歩いたが、そのメロディーたるやもの悲しいことこのうえなく、ようやっと陋居陋屋《ろうきょろうおく》にたどり着いたときには私は、うちのめされた人のように成り果てていた。

死のうかな。

一瞬。ほんの一瞬だけ、そんな考えが浮かんで、慌ててこれを打ち消した。

大坂の人間はそんなことを考えない。どこまでいっても陽気浮気、泣く間があったら笑わんかい、って感じでゲラゲラ豪快に生きるのであり、よし死ぬにしても関東戎夷のように、半泣きで、「ああ、もう死ぬしかない」言うなどして追い詰まって死ぬのではなく、ごくあっさりと、「ほな、ちょろ死んでこましたろか。あの世見物、ちゅうやっちゃね」などと、明るく楽しく勢いよく死ぬ。

話を戻せば、豚肉など入ってずっしり重い、上半分からネギが顔を覗かせるなどして不細工で到底、女の子に持てそうにないへなへな袋をぶら下げてとぼとぼ歩く自分を、悲しいことであるよなあ、なんて芸のない、まるで私小説文学のようなとらえ方をするのではなく、ぎゃははは。ええおっさんがアカの宵からネギぶら下げて歩いとんが。ぶさいくなやっちゃで。大笑いや。

とあくまでも笑い、それも嘲笑ではなく哄笑の側に持っていく。

つまり悲しみのボールを抱え嘲笑のゴールに突入しようとする敵から、悲しみのボールを奪い、哄笑のゴールに突進して得点を挙げる。

そんなゲームのプレイヤーこそが大坂の魂なのである。

しかし、それをこのようにして文章化している。概念化している時点でそれは悲しみのゴールに向かう文学的営為なのでそんなことをやっているようではいつまで経っても関東戎夷である。そんなことをなにも考えずに、放屁やそれが無理ならせめて時候の挨拶程度の意識でできるように自己の魂を鍛え直さなければならない。

それは実に困難なことだ。鍛えるということは厳しいことで、抑制的な行為である。ところがこの場合、そのことによって解放された魂を得なければならない。

つまり抑制によって解放されるということでこんな難しいことはなく、そうした難しいことをやっていること自体が大坂の魂ではないという循環理論に陥るという苦しみもある。しかし、いったん関東戎夷になってしまった以上、この苦しみを経ずに大坂の魂を回復することはできない。

苦しみの先にしか救いはない。これは純粋の大坂の魂にはけっしてわからぬ苦しみだ。しかし、運命を呪うのはやめよう。純粋の魂を羨むのはやめよう。

苦しみの先にある魂は純粋の大坂の魂よりもさらに大坂の魂であると信じよう。

そして吹けないアルトサックスを吹き鳴らそう。そして、じゃかまっしゃい、と近所のおばはんに文句を言われよう。あはははははは。あほほほほ。

そのためにいまやることは。そう。ただひたすらに、ただ一直線に、お好み焼を焼くことのみである。理屈をこねている時間はない。

さあ、焼こう。抑制的にへらへら笑いながら。私は。お好み焼を焼こう。この瞬間も多くの同年代が銭を儲けまくっている。私はお好み焼を焼く。それが私の選択した大笑いの人生である。なにもかもが出来損なっているように見えながら、それらがどろどろに溶けた小麦粉のような、人間の本質にまみれることによって、やがてひとつのおいしい塊となる。

人事のこと。予算のこと。人間関係のこと。家庭のこと。教育のこと。すべてやり損なって、やり直しがきかない。これからの一生はそれらのやり損ないの後始末で終わる。

というか死ぬまでに後始末は終わらないだろう。

ということはどういうことになるのか。死んで名誉を残すのではなく、負債を残す、ということである。ではその負債をどうやって払うのか。これをどうやって払うのかを言わなければ死ぬことすら許されない。

これをどうやって払うのか。

死後、笑いものとなることによって払うのである。もちろん、生きているときも、いないときに嘲笑されるという形で利息だけは払っている。

そんな関東戎夷のやり損ないの人生が、そのやり損ないを惹起《じやつき》した人間の本質にまみれ、焼かれることによって逆転・反転する。すなわち、大坂の庶民の魂へと飛翔・脱出、いわばエクソダスを遂げることによって、銭を儲けて成功している奴らよりも楽しい感じになれるのである。

あはははは。あほほほほ。また、吹けないアルトサックスが頭のなかで鳴り響く。私は狂っているのか。狂ってしまっているのか。あはははは。あほほほほ。もちろん狂っている。しかし、この狂気の渦潮によってのみ人生の洗濯、大洗い、が可能になるのである。

そして、私はいま渦潮と言った。

渦とは一種の回転運動であるが、お好み焼においてはまずこれが重要になってくる。なぜなら、先ほどから私は、お好み焼を焼く。お好み焼を焼こう。などと言っているが、ご案内の通り、人間はいきなりお好み焼を焼くことはできない。できないできないできない。お好み焼を焼こうと思ったらまず、粉を水に溶かさなければならない。つまり、火を用いる前に水を用いなければならぬのであるが、この際、最も注意を払わなければならないのは、玉にならないようにする、という点である。

これは、タマ、と読まずに、ぜひとも、ダマ、と読んでいただきたいが、さて玉とはどんなものであろうか。また、玉になるとはどういうことであろうか。それは一言で言うと、溶け残り。溶け残りを作る、ということで、粉末状のものを水に溶かす場合、手早く素早く根気よく一定の速度と力加減で最適な温度湿度の下でこれを行わぬ限り、一部のみが溶け、一部は溶け残るが、その際、その溶け残りは、丸い塊となって溶液のところどころに現れ、これを業界では玉と呼んでいるのである。

これは見た目にも随分と不愉快で見苦しいものであるが、料理の場合、仕上がりにも悪影響を及ぼす。なんとなれば、玉はその表面こそ水分を含んでなめらかではあるが、その内奥は生粉であり、生粉は加熱調味したところで只管《ひたすら》不味であるからである。

私はいま料理の場合、と言ったが料理以外の部分にも玉は現出する。

例えば文章を綴って文学やなんかを拵えようとする場合も、手つきやその他が疎略で玉になることがある。

この場合は、作者の思想や感情が粉、文章そのものが水、である。

よき文学の場合、そうした粉である作者の思想や感情が水である文章そのものになめらかに溶け込んで玉になっておらない。だからこそ読者は、文章そのものに酔い、文章そのものを楽しんでいるだけなのに、自然と、畏《かしこ》く尊いものを垣間見たような気持ちになって粛然としたり、なんとも言えぬ複雑で精妙な感情に浸るなどする。

ところがこれが玉になっておれば……、それは言わぬが花でしょう。読者は生硬な理窟やひとりよがりな感情に鼻白むばかりなのである。

それはその他のいろんなことにも言えて、なんでそんなことが言ってあるかというと、つまりそれくらいに物事は玉になり易い、ということである。

というか大抵の場合は玉になり、玉にならない方が珍しいくらいなのである。

例えばよい例が私自身で、この年までなんど粉を水に溶かしてきたかわからないが、玉にならずになめらかに溶かすことができたことなど殆どない。

というと嘘になる。私は嘘が嫌いなので恥を忍んで正直に告白すれば、これまで粉を水に溶かして玉にならなかったことは一度たりともない。毎度毎度、玉を作ってきた。失敗をしてきたのである。

なので料理番組などで粉を水に溶かしながら先生が、「このとき玉にならぬように注意して……」と言っているのを聞く度に腹を立てた。おまえはそんな風に簡単に、玉にならぬように注意して、などと言うが、それについちゃあこちとらどえらい苦労をしてきたんだ。注意してもしても玉になるんだ。俺の半分も生きていないような若造が聞いたようなことを吐《ぬ》かすな。そんな悪態もついた。

　そしていま、どうせここにもそんな風なことが書いてあるのだろう、と思ってお好み焼ミックスの袋に印刷された作り方の解説書きを見ると、ははは、案の定、step 1「生地をつくる」というところに、ダマがなくなるまでよく混ぜる。と書いてあり、これを読んだ私はこの解説書きの文体と思想を心の底から軽侮した。

　というかこんな解説を読むこと自体が大坂の魂を復せんと志す者にとって致命的な誤りで、こんなものはそもそもが初心の関東戎夷に向けた、わかりやすさを旨とした、がために錯誤を厭わぬ欺瞞と頽廃に充ち満ちた腐敗文書だ。

　そう考えて私は直ちに目を背けたのであるが、その際、図解の横に添えられたワンポイントアドバイスのごとき文言がチラと目に入った。曰く、このとき水を少しずつ入れるとダマになりません云々。

　それを見た私はアホらしさのあまり思わず笑ってしまった。

　そんな簡単なことで玉にならないのであれば私の半世紀にわたる労苦はいったいなんだったのか。馬鹿馬鹿しすぎて話にならない。

　そう思いつつ、けれどもまあやってみようか。と思ったのは世の中にそんな馬鹿なことはない、ということを証明したかったからである。

　私は水を少しずつ入れて攪拌した。なめんなよ、ぼけ。そう思いつつ。したところ、おかしげなことが起こった。

粉が玉にならなかったのだ。

ええええええええっ。という叫び声すら挙げられなかった。

私は混乱していた。

五十年にわたって私を苦しめてきた玉とはいったいなんだったのか。いや、違う、その玉に苦しめられてきた私とはいったいなんだったのか。いや、違う。え？　どっちどっちどっち？　どっちの問題なの？　と思いつつ、同時に、いや、もっと別の問題なんじゃないの。とも思っていた。

思いつつ攪拌するうちに玉がひとつもないなめらかな生地ができあがった。

そのことを喜んだらよいのか。悲しんだらよいのか。私はもはやそれすらわからなかった。

八

四十年、関東に生きて、これは果たしてどうなのだろうか。間違いではないのだろうか。と強く思うのは、世の中に充満する、わかりやすさ。である。

その背景には、どんな複雑精妙なことでも人民大衆が容易に理解できるわかりやすい言葉で説明されなければならない。という考え方があるが、言うまでもなくそれは誤りで、複雑なことを単純化して言えば間違って伝わるに決まっている。

と言うと、「そうそう。そうしてなんでも一言で片付けてしまうのをワンフレーズポリティクスって言うんだよね。愚かなことだね」とまた一言で片付けて飲みに行ってしまうが、それもまた複雑な問題をわかりやすい一言で片付けているに過ぎない。

と、そう思うから、多くの人が、わかった。わかりやすかった。と言って賞賛するものは疑いの目を向けるようにしてきた。というか、こんな大衆に迎合した、わかりやすい言説が巷間《こうかん》に流布されるから真実や事実が伝わらないで嘘や誤解が世の中に広まっていくのだ。こんなものは一刻も早く世の中から除去してかからねばならない。と、考え実際にそうした活動も繰り広げた。

尤も活動といっても蔭で、「バーカバーカ」「死ねやっ」といった呪いの文言を自宅で呟いただけであるが……。

しかしまあその考えは大筋のところでは間違いはない、と思っていたし、いまも思っている。

ところがその考えを根本から顚倒《てんとう》させることが起きた。

というのはそう、お好み焼ミックスの袋の裏に印刷された、作り方解説文書、の問題である。

申し上げたように私はこの文書を、初心の関東戎夷に向け、わかりやすさを旨とした、がために錯誤を厭わぬ欺瞞と頽廃に充ち満ちた腐敗文書と断じ、心の底より軽侮していた。

ところが豈図《あに》らんや、粉を水に溶かすにあたり、ものは試し、とこの文書の簡単でわかりやすい、ということは間違っているに決まっている指示に、あえて馬鹿な奴となって従ってみたところ、まったく玉のない、なめらかな生地ができあがってしまったのである。

あああああっ。私の人生はなんだったのか。

私は二重にそう思った。

一重は、わかりやすさに苦しめられ、わかりやすさに抵抗し、正確なことのみを言おうとして人々に、なにを言っているかわからない馬鹿な奴、わかりやすい説明ができない無能な奴、と馬鹿にせられ、送ってきた迫害と忍従の人生が無意味であった、ということについて。

もう一重は、いうまでもなく、それをすることが魂の回復に繋がると固く信じ、水垢離《みずごり》を取る、といったようなことまではさすがにしなかったが、それくらいの意気込みで、つまり魂の、そして精神の修行であると考えて為しつつある行為が、母と子の陶芸教室レベル、いや、それ以下の、三歳児のぬりえレベルであった、ということであった。

人生の否定も一重の否定であれば、再チャレンジのチャンスはある。しかし、二重に否定されたのではどうにも再起のしようがない。

ままよ。このままふて腐れて生きようか。

そんな退嬰的な考えがチラと頭をかすめた。

負け犬は負け犬らしく、場末でゴミをあさって生きていればいいのさ。ああ、東京流れ者。そんな歌をうたいながら、ははは、生きていけばいいのさ。馬鹿馬鹿しい。

なにが、お好み焼だ。こんなもの。

そう言って私はボウルのなかの生地を流しに棄てようとして、ふと、その手をとめた。

私は袋の裏の解説書に従ってお好み焼を最後まで作ってみようかな、と思ったのだ。

勿論、もう一度トライしよう。ガッツで。と思ったのではなく、その逆だ。

解説書に従ってお好み焼を作り、そしてこれを食し、魂の、そして本然の自分の回復のための崇高な修行、と思っていたことが、三歳児のぬりえレベルであった、いや、というより、そもそもその、なんとかして回復しようとしていた魂なるもの、本然の自分なるものが、袋の裏の解説書きで回復できるくらい低レベルなものであったことを改めて確認して、自分の気持ちに区切りをつける、いわば、ふっきる、ために敢えてそれをやってみようと私は思ったのだ。そのとき私は銀座三越のライオンのような顔をしていただろうか。いや屹度《きっと》、とっとこハム太郎のような顔をしていたことだろう。それは私にとって嬉しきことなのかもしれない。

そう思いつつ私はstep2に進んだ。

「混ぜる」ということだった。つまり、step1で作った生地に具となる材料を混ぜ込んでいく、というのだ。ははは。そうだったのか。僕はそんなことはちっとも知らなかったよー。と笑いながら混ぜようと思ったができなかった。

ひとつはうまく笑えなかったのと、解説書ではその時点で既に材料を刻んであることが前提となっていたが、私はまだ材料を刻んでおらなかったからである。

そこで俎《まないた》のうえでキャベツを刻んだ。解説書に、150g〜200g(目安は3〜4枚)を粗みじん切り、と書いてあったので、もうこうなったらムチャクチャに忠実にやってやろう、と思っていた私はキャベツの葉を四枚毟《むし》り、うち一枚を二等分して三・五枚となし、さらにデジタル秤を用いて、175gとなしたうえでこれを、粗みじん、に切った。

その際、抵抗感がなかった訳ではない。なんとなれば、みじん、というのは、微塵、であり、すなわち、非常に細かい、ということであり、粗微塵、という表現は、遅高速、とか、並特上、などと言っているのと同じく、きわめて不明瞭で、なにを言っておるのか、なにが言いたいのか、よくわからない表現であるからである。

しかし、私はわかりやすさに敗北したとっとこハム太郎。抵抗感があっても文句など言うものか。唯々諾々と、粗くもなく微塵でもない、つまりなんだかよくわからない感じに、キャベツを刻んだ。

　というと、なんと退嬰的な、と思う人もあるかも知れない。しかし、わかりやすさ、に従うということはそういうことである。自分の考え、なんてものはシンクに棄てて、多くの人に向けられたものを信じて、その理由を問わない。そして、まさに自分がそうしているとき当然生じる、果たしてこれでいいのだろうか。これが粗みじんなのだろうか、なんて疑念・疑問。それもシンクに棄てる。信じて棄てる。そうすることによって、やっとこさなんの不安も感じない、心中になんの不安もない、安らかで迷いのないとっとこハム太郎となることができるのだ。

　そう自分に言い聞かせて私はキャベツを刻んだ。やっと笑顔が浮かんできた。それは人が見たら卒倒するような不気味な笑顔だっただろうか。いや、嘔吐するような笑顔だっただろう。それは私にとって悲しきことではあるのだが、とまれ、先へ進むしかない私は、嫌な笑顔でキャベツを刻んだ。

　そして解説書によればその他、好みの具、すなわち、ネギや揚げ玉や紅ショウガ、そしてまた、イカ、エビ、豚肉など、合計150g、をこの際、入れよ、とのことで、私はこれに唯々諾々と従い、右に列挙されたもののなかから選定した、豚肉、揚げ玉、紅ショウガ、桜エビを、デジタル秤を用いて加減のうえ、生地に投入した。そして、豚肉は、解説書にある通り、「焼く際に生地のうえに広げてのせる」ことにして投入しなかった。

それはよいが、この時点で違和感がなかったわけではない。というか強烈な違和感があった。というのは解説書の、揚げ玉、という表記で、これは、大坂の魂の立場に立って言えば、どのように考えても、天かす、である。

天かす。すなわち、天ぷらを揚げる際に発生する滓《かす》を網ですくって集めたものである。滓と雖も、これをうどんなどに投入すれば油脂分や生地にしみこんだ味があるので、風味・風合いが増す。よってこれを再利用する。つまり、天ぷらの滓だから天かす、というのであり、その意になんらの隠れたるところもない単簡で直截なネーミングである。

しかるにこれを揚げ玉、とわざわざ言い替えるのは、滓、という言葉に過度に反応する精神で、私はこれを貧しい精神であると思う。

平たく言うと、「天ぷらのかすやから天かすでええやんけ。それをわざわざ、揚げ玉とか言うて、よけ、貧乏くさいんじゃ、ぼけ」と思うのである。

しかし、私にそんなことを言う資格はまったくない。何度も言うようだが私はその貧しい精神に敗北したもっと貧しい最下層カーストのハム太郎だからである。

そこで私は、揚げ玉という言葉に対する違和感を無理に押し殺し、まるで貧乳をひたかくしてグラビアアイドルをやっている貧農の娘のように無理に口角を上げて笑って、解説書の言うとおりに生地と具を混ぜ始めた。

ただ混ぜたわけではない。それにあたって解説書の指示があった。解説書は、「下から空気を入れるように掻き混ぜよ」と指示していた。

しかし、これは実行が困難な指示であった。というのはこれが、下から空気を入れつつ掻き混ぜよ、という指示であれば或いは簡単であったが、そうではなく、解説書は空気を入れるように（傍点筆者）、と言っており、つまりそれはあくまでも、ように、すなわち演技として空気を入れるような動作をしつつ掻き混ぜるのだけれども、実際には空気は入れない、ということである。

というとわかりにくいかもしれない、例えて言うならば、酔っ払いのように歩くことと、実際に酔っ払って歩く、ということは別だということである。

けれども貧農の私は解説書に逆らうことはできない。どんな無道なことを言われてもこれに従うより他に生きる道がない。なので、空気を入れるような動作をしつつ、しかし実際には空気を入れないように注意しながら、具の入った生地を掻き回した。

しかし、まったく空気が入らなかったかというとおそらく少しばかり入ってしまったかも知れない。なぜなら、私は空気を入れるように掻き混ぜてしまったからである。その結果、お好み焼がどうなるのか。おそらくは駄目になるのだろう。もう無茶苦茶なお好み焼になって、私はそんなお好み焼を作ってしまった責任を取らされ、豚に変身させられて宇宙空間に放り出されるのかも知れない。

なんで私がそんな目に遭わなければならないのか。私は解説書に従っただけなのに。

という抗議も無駄だ。なぜなら私は既に諦めた人間、終わった人間だからだ。

そんなことを思いながら私はのろのろと生地を掻き混ぜた。空気を入れるように。

解説書には掻き混ぜの時間に関する指示がなかったので適当に切り上げた。

次は、step3「焼く」であった。

いよいよ焼くのだな。

と、思うと同時に私は、私はいよいよ負けて、人として駄目になって自分でものを考える力を奪われ、完全なとっとこハム太郎、貧農の生まれのとっとこハム太郎となって、衰弱して、でもそのことに気がつかずに笑って死んでいくのだろうな。と思った。

それも自業自得。私は自ら額に烙印を押すのだ。

呟きつつ私はガスバーナーの火をつけた。

ガスバーナーの。火をつけた。

九

関東で人が屡々、蕎麦を茹でる、と発音するのを聞き、その都度、強烈な違和感を覚えた。なぜなら蕎麦やうどんというものは大坂では、湯がく、ものであったからである。しかるに関東ではこれを茹でると言う人が多かった。うどんや蕎麦を茹でてしまうと、蕎麦やうどんはグチャグチャになってしまって食べられたものではないのではないか。私はそんなことを思い、うどんを茹でるのはやはりおかしいのではないか、と思っていた。

さらに甚だしい人もなかにはいた。それらの人は、蕎麦を煮る、と言った。煮る。あり得ないことだった。そんなことをすれば、蕎麦やうどんは鍋のなかで粥になってしまう、と思っていた。そのとき同時に粥というのも本来は、おかいさん、と言わなければならないのだが、と思っていた。狡兎《こうと》死して走狗《そうく》烹《に》らる。という言葉が浮かんで、頭のなかに鍋で煮られる犬の悲惨な映像を見て嫌な気持ちになった。

だから私は以前はそうした、蕎麦を煮る、とか、うどんを茹でる、などと言う人は文化的な水準の低い野蛮な人、未開の土人、と思って軽蔑していた。しかし、いまは軽蔑しない。なぜならいま自分自身がその人たちと同じグループに属するだけではなく、そのグループのなかでも最下層、最底辺にいることが明らかになったからだ。

あはは。なんという皮肉だろう。あほほ。なんという茶番だろう。なによりも関東戎夷に成り果てたことを悔い、涙を流して更生を誓った私がこんなことになるなんて。ラララ、楽しいわ。ラララララ、美しいわ。私は一匹の馬鹿豚として関東でもっともポピュラーなお好み焼を食べて、それこそ豚のようにブクブク肥えて死ぬのよ。美しいわ。美しきことだわ。そのお好みには豚肉が入っているのよ。キャー、夢のような共食いよ。

と、私は半ば錯乱状態に陥っていた。そして、こうなってしまっては、こんな身分になってしまえばそれより他に頼るものがない、それに縋《すが》って生きていくしかない、というのはつまりそうお好み焼ミックスの袋の裏の解説書が自分にとってますます重要なものになっていた。

こんなものに縋ったためにこんなことになったのだが、いまやこれなしに私の人生はなかった。それがどれほど陳腐であろうと愚劣であろうと、一度、それに縋った以上は、それに従うより他ないのだ。独立も尊厳もないのだ。ペラペラの紙でできた、まるで子供だましみたいな旗の下に集い、みんなでワイワイ言いながら、誰もがそれに参加していることを内心で恥じているパレードに参加するしかないのだ。心からパレードを楽しんでいるふりをして。ときには蕎麦を煮て。煮られる犬の苦しみから目を背け、いずれそれが自分の身に起こるかも知れないことだ、ということを絶対に考えないようにして。

という訳で私は解説書の、step3「焼く」というところを参照した。焼く、は大坂でも関東でも同じく、焼く、である。よかったことだ。これでまた違った言い回しがあれば私はまたそれについて悲しい思いをするところだった。ま、現状でも悲しいことには違いがないがな。

そう思いながら解説書を読む。解説書には、200℃に熱したホットプレート、或いは、フライパンに油を薄くひき、生地の裏面がきつね色になるまで焼け。と書いてあった。

貧農の立場で、そしてハム太郎の立場ではなにも言わずにこれに従うより他ないが、私はバカなのでわからないことづくめである。

冒頭から躓《つまず》いた。というのは、200℃に熱しておいたホットプレート、或いはフライパンに薄く油をひき云々、と書いてあるのだが、これを読む限りではホットプレートについては200℃に熱しておけ、と書いてあるのだが、フライパンに関しては、熱しろ、とも熱すな、とも書いてない。しかし、200℃に熱しておいたホットプレート、或いはフライパン、とあり、200℃に熱しておいた、ホットプレート或いはフライパン、とは書いていない以上、フライパンは200℃に熱しない、ということになる。

だったら黙ってそれに従え、というようなものだが、バカなりに思うのは、こうした場合、フライパンと雖もやはり予め熱しておいた方がよくないか？　というか、熱しておかないと生地がうまい具合にぱりっと焼けないのではないか？　ということで、しかもそれはただ思っているだけではなく、自ら経験したことでもあるし、他の私のような愚昧な民を教導する立場にある偉大なグルたちがキユーピー3分クッキング、きょうの料理、おかずのクッキング、上沼恵美子のおしゃべりクッキング、といった私たちに素晴らしい智識と光り輝く黄金の華のような智慧を与えてくださる番組のなかでおっしゃっておられた。

そう思うとき私は、やはり解説書に背いてフライパンもまた、熱すべきではないか。と思う。しかし、私の如き一介のハム太郎の勝手な浅い考えで偉大なる叡智の結晶体とも言うべき解説書に背いたらどうなるだろうか。恐ろしい劫罰《ごうばつ》が下るに決まっている。恐ろしさに身が竦《すく》む。

それから生地の裏面がきつね色になるまで焼け、と書いてあるのだが、まず、裏面がきつね色になっているかどうかは表面からはうかがい知ることができない。焼き固まったかどうかについては篦《へら》かなにかを差し込んでシュクシュクしてみれば或いは判るかも知れないが。

つまり、きつね色になるまで焼け、という解説書の厳命を違える可能性が高い、ということである。それは困るのである方法を考える。すなわちstep3を全うしないうちに、step4「ひっくり返す」に進むという方法で、とにかくひっくり返して裏面の様子を見る。それできつね色になって居れば、そのままstep4に進み、いまだきつね色になって居らなければ、再びひっくり返す、すなわちstep3に戻り、きつね色になるのを待つ、という寸法である。

ミジンコ並みの知能しか持ちあわせぬ私としては、まあうまく考えた、と思うが、しかしそれもまた実行困難であった。なぜかというと、きつね色という色がどんな色なのかよくわからなかったからである。

もちろん、きつね色、というのだから、狐の体表というか、狐の毛皮の色を指しているのだろう。ところが愚昧なうえに若い頃から、群れ、に身を投じ、世間の人が誰もが持っているような一般常識や知識、経験を極度に欠く私は生の狐を見たことが一度もなく、きつね色、と言われても見当がつかないのである。

そこでいったん考えたのは、大坂には有名な、きつねうどん、というのがあるが、あれに乗っかっている、甘辛く煮た油揚げ、と私なんかの立場では敢えてそう呼ぶべきだろう、本来は薄揚げをたいたやつ、の色を指して、きつね色、と言っているのではないか、と考えてはみたが、これが誤りであることは直ちに判った。

なぜならあれを、きつね、と呼ぶのは、昔から油揚げ（本当は薄揚げ）が、狐の好物とされていたからであって、色が狐に似ているからではないからである。

だったらどうすればよいのか。図鑑とかで狐の色を調べればよいのか。いやなにも大枚をはたいて図鑑を買ってくるまでもない、いまはインターネットという便利なものがある、そう思って検索をしたところ、たくさんの狐の写真が出てきた。

それでまず思ったのは狐というのは存外、可愛らしい生き物だなあ、ということで、こんなだったら一匹くらいペットとして飼っても善いくらいだ、ということだが、とにかくいまはそんなことを言っている場合ではない、狐の色を見極めなければ、きつね色とは何色か突き止めなければ、そう思って、眼光ディスプレイ背に徹する勢いで見たところ、豈図らんや、狐の色は油揚げの色に酷似していた。同色と言っても差し支えなかった。

じゃあそれはどんな色なのか。それは薄い茶色であった。

なるほど、きつね色というのは薄い茶色であったのか。と取りあえず理解して、とにかく他にも問題はあるが、きつね色、についてはそういう方針でいこう、とそう決意して、その直後、あることに気がついて愕然とした。

というのは私は、きつね色、を薄い茶色と理解した。しかし、茶色、とは果たしてなんであろうか。茶色は茶色である。では、茶とはなにか。茶とは飲む茶である。さて、きつね色が狐の色であるという論法に則れば、茶色は茶の色であるはずであるが、果たしてそうかというと違う。まったく違う。茶の色はどちらかというと緑色である。このことからわかるのは色というものは必ずしもその名前と合致しないと言うことで、したがってきつね色が必ず狐の色とは言えぬのである。

というのはしかし考えてみれば当たり前のことかも知れない。

例えば土地の名前、地名、というのがそうだ。新宿に歌舞伎町というところがあるが、茶色が絶対に茶の色、きつね色がどんなことがあっても狐の色であるなら歌舞伎町では必ず歌舞伎が上演されているはずである。溜池には池があるはずである。牛込には牛が込めてあるはずである。狸穴《まみあな》には狸の穴があるはずである。抜弁天では弁天が抜けているはずである。ところが実際にはそんなことはない。

そんなことはないのになぜそんな名前をつけるのか。紛らわしいぢゃないか。

そう憤る人がたくさん居ることだろう。けれどもそれは致し方のないことなのかもしれない。なぜなら、そうした名前が付いたのは随分と昔のことで、その時代には牛が込めてあったり、日常的に弁天が抜けていたりしたのだろう。しかし、時代の変化とともに次第に弁天も数が減り、そう簡単には抜けなくなったのだ。そして名前だけが残ったのである。

ということはきつね色とは何色なのか。もはや私にはまったくわからない。茶色というものを細かく見ていくと、木色、かなと思う部分がある。そういう風にして考えていくと、きつね色というのは泥色なのかな、とも思うが、それも、貧しく卑小な存在である私の愚考・愚見に過ぎず、恐らくは間違っているだろう。

つまりフライパンの温度の問題、裏返しの問題、きつね色の問題、とわからないことだらけなのだ。けれども普通の関東戎夷の方々はこうしたことを直感的に、そして直覚的にわかっておらっしゃる。ところが、私にはそれすらわからない。大坂でいかず、関東でいかず。こんな私には完全に失敗した泥色のお好み焼がもはやふさわしい。

生焼けでぐちゃぐちゃになったお好み焼を箆にてこき混ぜ、茶碗によそって、まるで擂《す》り餌《え》のようになったそれを匙《さじ》にて一口食べては泣き叫び、一口食べては土下座して謝罪するのが私の腐りきって衰えきった魂にふさわしい。

誰に謝罪するのか。決まっている。全世界に、だ。

その覚悟をした私に怖いものはなかっただろうか。いや、あった。私の頭は恐怖に痺《しび》れていた。

私は何℃なのかはわからないが、フライパンを熱した。テフロン樹脂加工のフライパンであった。

そして油を敷いて、生地を流し込んだ。ジュウ、という音がした。戎、と聞こえた。最底辺の戎。

その音は私を責め立てる音であった。

十

皮肉と茶番の混ぜ合わせ丼。白昼。唯々諾々とお仕着せの、万民向けの、真の文化を知らぬ戎夷に向けた解説書きを見つつ。これに従ってお好み焼を焼く我と我が身の情けなさ。そを噛みしめつつ、訳のわからぬ、きつね色、を夢想している。

夢想といってしかしそれはけっして甘美なものではない。絶え間のない焦りと恐怖に支配された悪夢である。すなわち、早くひっくり返さないと焦《こ》げてしまうのではないかという黒焦げの焦りと、いやいやまだまだ生焼けで、すなわち固まっていないから、いま焦ってひっくり返せば、全体がグチャグチャになってしまうのではないか、というグチャグチャの恐怖である。

というのは体験してみなければわからないことかも知れないが、例えば消費税増税論議を思い浮かべてみればわかりやすいであろう。すなわち、いま消費税を増徴しなければ日本に対する国際的な信認が揺らぎ国債の価格が暴落して金利も上がって国家の財政が破綻してしまうから早く消費税の増税をしなければならない、という焦りと、景気が十分に回復しないうちに増税をしたらマイナス成長になってしまう、という恐怖に支配された悪夢、という訳である。

しかし、いつまでも夢のなかに居る訳にはいかない。焦りと恐怖のなかで煩悶《はんもん》したからといって問題が解決するわけではなく、私たちは、黒焦げか生焼けのどちらかを選択するしかない。というと多くの人が、そんなものはどちらも嫌だ。私たちは最良の、きつね色、を希求する。というだろう。勿論、それは不可能ではない。いままさにこの瞬間、というタイミングを逃さなければ、経済政策においてもお好み焼においても私たちは最良の、きつね色、を得ることができる。しかし、瞬間とはまさに、瞬間、であり、これをとらえるのはきわめて困難である。

といっても消費税を増徴するのに最良のきつね色の瞬間をとらえるなんてのは比較的容易である。なぜなら、こうしたものに関しては各種統計や経済指標というものがあり、これらを精査することによりその、最良のきつね色の瞬間、をとらえることができるからである。

ところがお好み焼についてはそうしたものはまったくない。

ではどうやって、最良のきつね色の瞬間、をとらえたらよいのだろうか。その解として時間論を唱える人がいる。強火で三分、弱火で五分、といった具合に。しかし、強火中火弱火などという分類は、その人がどんな火力を有しているかによって、その実際は大きく異なるし、また、生地の分量、使っているフライパンの厚み、そのときの気温、水温などの条件も様々できわめて曖昧な概念と言わざるを得ない。極端なことを言えば、北極近くで電気コンロの火力を最大の強火にしている場合と、熱帯でハイカロリーバーナーを弱火で使った場合と、どちらが真の意味で、強く、どちらが真の意味で、弱い、のか知れたものではない。

そうしたきわめて曖昧な、強い弱い、を基準に、何分、と定めたところで、最良のきつね色の瞬間をとらえられないのは火を見るより明らかである。っていうか実際に火を見ている。

ではどうすればよいのか。五感を働かせよ、という議論をする人がある。五感、すなわち視覚、聴覚、嗅覚、味覚、触覚である。これを極限まで研ぎ澄ますことによって、本来、見ることのできない、ダークサイドオブザムーンの如き、お好み焼の裏側を見極めよ、という訳である。五感を研ぎ澄ます。極限まで研ぎ澄ます。人間にはそもそも五感というものが備わっているのだから訓練次第では十分に可能だろう。

しかし、このやり方にも問題がある。というのは、人間は抑制的でない、ということで、いろんなことをついやり過ぎてしまう。例えば、自然の一部を改変して農耕や牧畜をするのでも、やり過ぎて自然を根底から破壊してしまう。生活を便利に快適にするために科学技術を研究開発するのはいいが、やり過ぎて核兵器やクローン人間を作ってしまう。いや、そんな大層なことでなくても、ダイエットをやり過ぎて拒食症になり、やせ細って死んでしまう人がある。いろんな健康法をやり過ぎて不健康になる人がある。働き過ぎて過労死する人がある。飲み過ぎてアル中。吸い過ぎてニコ中。打ち過ぎてシャブ中。賭博にのめり込んでカネに詰まって自殺。インチキ宗教に入れ込んで一家離散。ひとりの人に執着し過ぎてストーク。なんて具合に、適当・適度なところでやめておくということができぬのが人間の特質なのである。

だから五感を研ぎ澄ます場合でも適当なところでやめておくことができない。具体的に言うと、例えば視覚を研ぎ澄ますとする。この場合、必要な視覚は、普通の凡庸な視覚では見えない、お好み焼の裏側までをも見通す視覚で、いわば透視能力である。

もちろん、適度なところで留めておけば、この研ぎ澄まされた視覚でもって、最良のきつね色の瞬間、をとらえることができる。ところが人間というものはやり過ぎる生き物なので、この感覚を研ぎ澄まし過ぎて、お好み焼の裏側を通り越して、その下のフライパンの裏側、さらにはその下のグリルの裏側、さらにはその下の床、その下の地面、その裏側のブラジル、までをも見通してしまい、そのブラジルの家庭の台所の鍋のなかの豆やチキンの煮え具合を見通すなどしてしまうのである。

知りたいのは自分の家のお好み焼の裏の色であって、そんなブラジルのチキンなどどうでもよい。にもかかわらずそこまでやってしまうのが人間の性なのである。

と言うと、「いや、俺には到底、そんな能力はないから大丈夫だよ」という人があるかも知れないが、そういう人はそもそも素質がないのであり、また、そうした人は努力する能力を欠く人で、そういう人は、お好み焼の裏はおろか、目の前の赤信号すら見落として車に轢かれることすらある。

って訳で他の聴覚や嗅覚も同じこと。チリチリというかすかな音の変化によって、最良のきつね色の瞬間、をとらえん、と、聴覚を研ぎ澄ませば、七里離れたところで木の葉が、はらっ、と落ちた音まで聞こえるようになってしまって、お好み焼のチリチリなどという凡庸な音はかえって聞こえない。ではというので、嗅覚を研ぎ澄まし、匂いの変化によってその瞬間を知ろうとすれば、世の中に充満する様々な匂いを一斉に感知してしまって鼻が発狂する。

私は荒唐無稽なことを言っているのではない。繰り返し言うが、それが人間の本質なのである。私の知り合いで、女の裸が見たい一心で視覚を研ぎ澄まし、透視能力を身につけた結果、裸どころか骨や内臓まで見えるようになってしまい、グロテスクなばかりでちっともエロチックでない、と嘆いている馬鹿な男がいたが、なに、彼が特別に馬鹿な訳ではなく、人間はみなそのように馬鹿なのである。

ではどうすればよいのか。それはもう私は、信、しかないと思う。とにかくひたすらに信じる。自分の知恵の働きや小賢《こざか》しい考えはすべて棄てて、ただ信じる。信じてひっくり返す。その際、もうそろそろかな、とフライパンを揺すぶってみたり、箆を差し込んだりもしない。いまこの瞬間こそが、最良のきつね色の瞬間、と信じる。そのときほんの少しでも、もしかしたら黒焦げかもしれない、生焼けかもしれない、と思ってしまったら、その時点でアウト、信じていない、ということになる。

つまり黒焦げであろうが、生焼けであろうが、構わない。とにかく、いまが最良の瞬間、と信じるのである。その、信、は、はたから見たらバカに見えるような、信、でなければならない。或いは、狂ったような、信、でなければならない。

だから多くの人は失敗する。なぜならそうした、信、を持つことは非常に六図かしいからだ。

しかし、だから確率的に考えれば自分も失敗するだろう、などと夢にも考えてはならない。その瞬間が最良の瞬間であると、固く固く信じなければならない。その瞬間はいつだろうか。と、考えてはならない。信じたその瞬間が、最良の瞬間である。

という訳で私は、いまこの瞬間こそが最良の瞬間である、と信じ、それ以外の音や匂いやその他一切の情報を遮断して、お好み焼をひっくり返した。

結果はどうだっただろうか。いまや表側となった、かつての裏側は見事な、きつね色、であった。

私の、信、は真物であった。ただし、それはそこまでの話。最良のきつね色の瞬間、を捕らえたからといって、私が取るに足らぬ人間であることは変わらない。だってそうだろう、そんなことは平均的な関東戎夷の方がごくあたりまえにやっていることなのだ。そのことがうまくできない、大坂の本来の魂を失い、かといって関東戎夷にもなりきれない、というか、はっきり言って関東戎夷以下で、たかだかお好み焼をひっくり返すのに、狂ったような信、とか言わないとできない、ハムスター並の知能しかない人間。それが私なのだ。

あはははは。ブラボウ、無能なハムスター人間。ブラボウ、狂った信仰の持ち主。あはは、ははははは。私は滂沱《ぼうだ》たる涙を流しつつ哄笑した。子供の頃、よく見た、藤山寛美の演劇の記憶が頭のなかでくるくる回転した。その思い出もやがて消える。

そんなことを思いつつ、私は、バカとしか言いようのない信、に基づき、再び、お好み焼をひっくり返し、そうしてから、これを円い皿に盛り、これにソースを塗り、マヨネーズを塗り、鰹節、青のりを振りかけた。

完成したお好み焼を打ち眺め、私は意外の感に打たれた。私が袋の裏に印刷された一般の関東戎夷向けの解説書に唯々諾々と従って製作したお好み焼が完全なものに見えたからである。

実際の話、それはどのようにみても大坂風のお好み焼であった。

私はついにやったのか？　そんな思いが頭をよぎった。しかしそれは俄《にわ》かには信じられぬことであった。

十一

うち続く失敗、挫折は人間を臆病にする。例えば、いままで生きてきてもろくなことがなかった。

夜《よ》の目も寝ないで一生懸命に勉強をしたのだが、頭の方があんまり賢くなく、よい学校に入ることができなかった。大学二年のときに父親が首切りにあい、当初は肉体労働のアルバイトで頑張ったが、やはり学費が納められず、中途退学して就職することにした。しかれども父親が首を切られたことからも知れるように世間の景況よろしからず、ろくな就職先これなく、ようやっと見つけた勤め先も、長くて半年で倒産、ひどいのになると就職した翌日に潰れた。だったら人なんか雇うな、つの。と憤りつつ、そんなことを続けて結局のところはアルバイト生活に入って十余年、この頃は力業も厳しいのでコンビニのレジに立ち、遙か年下の店長に叱責・叱正され、つけ睫をつけて爪をうんと伸ばした若い女の子にも小馬鹿にされつつ働いて、家族が居ないのを幸いにようやっとその日の煙を立てていた。そんなだから女もできなかった。一度だけ、某サイトで知り合った女とラブホテルに行ったことがあるが実は女囮《つつもたせ》で、脅されてATMに連行されて十八万円取られ、口座の残高が三桁となった。しかもその女はけっこう不細工だった。えらい目に遭った。その月から家賃その他の支払いに窮して消費者金融で金を借りたのがきっかけで気がつけば借りては返す状態になり、最後はお決まりの自己破産に終わった。しかしながら捨てる神あれば拾う神あり、その裁判でお世話になった人の紹介で、住み込みで働き始めた漬け物工場の社長が仏のようにいい人、また、工場で働く人もいい人ばかりで、ずっと一人暮らしで、休みの日など、朝起きてから眠るまで一言も喋らない、というのが普通だった者にとって、みんなでワイワイやる寮での生活も楽しく、休みの日など、魚釣りに行く仲間についていき、道具を借りて見よう見真似で魚を釣り、これを調味して魚肉をしゃぶって酒を飲むなどというのは、これまでの人生にないことだった。ああ、よかった。こんな俺にもやっと安住の地が見つかった。ここに骨を埋めよう。そんなことを思いつつ、楽しい毎日を送っていたところ、不審火により工場が全焼、警察が捜査の結果、近所に住む気の触れた、身寄りのない老婆による放火とわかったのはよかったが、どういう訳か、工場は火災保険に入っておらず、再建を断念した社長は頭を丸めて西国遍路に出てしまった。再び無職となり、害虫駆除、布団丸洗いクリーニング、草刈り、エアコン取付、解体業、呼び込み、露天商、廃品回収業、清掃業など、様々な職業に従事したが、やることなすことうまくいかない、二万円も宝くじを買ったのに七等の三百円すら当たらず、歯医者にいけば悪くない歯を抜かれ、初詣に行っておみくじを引いたら大凶、お見合いパーティーで玉砕、柿の実を取ろうとして木に登ったら木の枝になぜか野ネズミが居て指を噛まれ、あ痛っ、と飛び降りたら、飛び降りたところに釘が刺さった板きれがあって、思いっきり釘を踏み抜いて、痛さにのたうち回る。みたいな人生を送った人は臆病になる。

いったいなにに対して臆病になるのか。幸運に対して臆病になる。どういうことかというと、これまでなにひとついいことがなく、期待がすべて失望に変わっていった結果、もしかしたらこれは幸運かも、と思われる局面でも、「いや、これまでの経験から言って自分に幸運が訪れる訳がない。また、そうして幸運を期待する気持ちが裏切られ、失望するとき、その甚だしい落差によって魂がズタズタに傷つく、ということも何度も経験している。ならば。最初から期待しなければ、その落差は小さく、傷も最小で済む。よって俺は期待などしない。この人は俺と付き合いたい、と言っているが、こんなものは悪質な結婚詐欺に決まっている」などと頭から思い込むのである。

と言うと、「そんなマイナス思考はよくないよ。そんな風にネガティヴに考えていたらけっして幸せにはならないよ」と、もっともらしい忠言をする人もあるだろう。しかし、そんなことは本人が既に何度も何度も考えたことだった。そのうえで、なににも期待しない。自分の身の上によいことは一切起こらない、と考えるのがもっとも傷つかない。と結論したのである。

という訳で、私もまた幸運に対して臆病になっていた。

そらそうだ。なにしろ、ハム太郎になってしまったのだから。ハム太郎になるまで精神が傷つけられてきたのだから。しょせん、俺は普通の関東戎夷以下のハム太郎。そんな負け犬根性が骨の髄まで染みこんでいた。だから、ついに完成した、どこからどう見ても完璧に大坂風のお好み焼、を見て、一瞬、ほんの一瞬、頭のなかで、やったかもしらん、と思ったが、慌ててそれを打ち消した。そんなことをチラとでも思うから、後で苦しむのだ。悲しむのだ。心が傷つくのだ。こんな、形こそ人間の形をしているが、その内実は、一匹のミジンコほどの価値もない、人間もどき、に過ぎない俺にそんなことができる訳がない。謝れ。全大坂人に、そして、全関東戎夷に、そして全ミジンコに、手をついて謝れ。この場で謝れ。待てよ。そうするとハム太郎はミジンコ以下と言うことになるぞ。それはおかしいだろう。だから、ハム太郎に謝れ。真っ先に謝れ。

そんな混乱したようなことを思いながら、私は改めて完成したお好み焼を見た。

ほらね。さっきは、曲がりなりにも完成した高揚感から、それが完全であるという見誤りをしたが、改めてみるとどうだ、この、粉の鰹節と青海苔の配分といい、マヨネーズとソースが重なりあって描く描線といい、厚みといい、直径といい……、

「完璧やんけー」

と、気がつけば叫んでいた。そう私が作製したお好み焼は、どのように仔細に点検しても完璧であったのである。

なぜだ。そんなバカなことがあるわけがない。だってそうだろう。私は、一般の関東戎夷向けの印刷された説明に唯々諾々と従って、これを拵えたのだ。どのように考えてもそれが完全なものであるわけがない。そう思うとき、私は、「あっ」と、叫んで、胸のあたりを手で押さえ、後

方によろめいた。その様はまるでアルコール性心筋症の人のようであっただろう。

しかしそうではなかった。ある考えが、ズドーン、とやってきて、それがあまりにも、ズドーン、だったので私はそんな不様なことになったのだ。その考えとは、遺伝子、さらに言うなら、文化的芸術的遺伝子、という考え方であった。つまりどういうことかというと、私のなかに、大坂の文化的な遺伝子のようなものが組み込まれていて、それが知らず知らずのうちに、すなわち私の意識とは関係なく、作動、私をして完全・完璧なお好み焼を焼かせたのではないか、という推論である。

例えば、私はいまでも大坂語を巧みに操ることができる。子供の頃に見聞きした、桂米朝の落語や中田ダイマル・ラケットの漫才、藤山寛美の口調や吉本新喜劇の面々のギャグは、いまもありありと記憶している。南海沿線に住み、子供の頃は両親に連れられて心斎橋を歩き、アーケード街の路面に描かれたジグザグの模様を辿って歩いて迷子になったことも、成人して後は同じ界隈で、「おいこらそこのパンク」と呼び止められ、ヤンキーの兄ちゃんにどつき回されたことも、すべて疑いようのない事実であるし、その他にもいちいち挙げればきりがないくらい濃厚な大坂の体験、大坂の記憶が私の身の内にある。

それら大坂的遺伝子の如きが存在する以上、かく完璧なお好み焼を焼くのは当然のこと。つまりこのことはなにを意味するのか。

私は大坂の魂を回復した。

ということに決まっているじゃないか！

長い道のりだった。辛い道のりだった。一時はすっかり打ちのめされ、ミジンコ以下の存在にまで堕ちた。けれども私はやった。やり遂げた。ついに、私は関東戎夷を脱し、もと居た場所に帰ったのだ。そう思うときなぜか突然、中学生のときに聞いた、ザ・ビートルズという英国のロックバンドの「ゲット・バック」という歌が頭のなかで鳴っていつまでもやまなかった。

といってこれで終わりではない。魂の回復を揺るぎなきものとするためにまだやるべきことが残っている。それはそう、この完全に大坂的なお好み焼を完食し、それを自らの血肉と化すことによって、細胞レベルで大坂の回復を成し遂げる、ということである。

そしてそれは私にとって悦《よろこ》ぶべきこと。なぜなら、私はうまいお好み焼を食すことを好むからである。だはははは。だははははははは。私は鏝《こて》があれば本格なのだが、それはまあ、やむを得ないだろう。そう思いつつ、箸でお好み焼を摘まんで食した。

あれえ？　というのが一口食べたときの率直な印象だった。なにかが違う感じがした。しかしそれは永年の間、私が纏《まと》った関東戎夷の衣が、この大坂的なるものを拒絶しているのだろう、と思った。ナアニ、二口、或いは、三口食べれば、そんな違和感は解消するに決まっている。そう思って私は箸を動かし、そしてお好み焼を完食した。

その結果、どうなったか。私の大坂の魂は回復しなかった。私は森の木陰でドンジャラホイと叫んでいるような気持ちになった。なぜなら、その見た目は完全に大坂的なお好み焼の味は、大坂の魂の味ではなかったからだ。ではどんな味だったか。それは端的に言って、マヨネーズとソースの味だった。

なにが違うのか。なにが間違っていたのか。おそらくすべてが間違っていたのだろう。涙を流しながら表に走り出ると隣の人が屋根の上から私の家めがけて廃材を投げ捨てていた。あの廃材に当たって死ぬとどうなるのだろう。恐らく死ぬんだろうな。そうしようかな。と、思いつつ二、三歩、そちらに歩みかけて、でもやめて家に戻り、残った種を焼いて、冷めるのを待ってラッピングフィルムでくるんで冷蔵庫にしまい、「さっぱわややでぇ」と四十回言ってから少しだけ踊った。

土手焼

一

先日。伊豆半島の突端近くの、下田、というところに行ってきた。と言うと、下田というのは、安政三年七月二十一日、アメリカ総領事、タウンゼント・ハリスがアメリカ大統領の国書を携えて上陸した場所として有名であるが、そんなところになにをしに行ったのか。遠いのに。バカじゃないのか。と訝る人も多いだろうから、いちおう闡明《せんめい》しておく。

私は下田にサーフィンをしにいった。

といって、大方の人は、ふーん。程度にしか思わぬだろうが、私にとってこれは大事件であった。

なんとなれば、これまで私はサーフィンと無縁の生活を送っていたからで……、というか、以前にも申したとおり、私はかつてパンクロッカーの群れに身を投じていた者であるが、実はそもそもパンク者とサーファーというのは不倶戴天の敵であったからである。

といって、サーファーがパンクを憎むということはあまりなく、専らパンクがサーファーを憎んでいた。

なぜ憎んでいたか。一言で言うと嫉妬である。

自分たちは日の当たらぬところでぎゅうぎゅうになって苦しい思いで不平不満を喚き散らして女にも持てない。しかるに、なんだ。あいつらは。日の当たるところで楽しそうなことをやって女にも持てている。とんでもないことだ。こんな不公平が許されるわけがない。

と考えていたのである。だったら自分も群れを脱出してサーファーになったらよさそうなものであるが、日頃、激しく批判していたのに突然に掌を返して、サーファーになるのは自分自身を欺くようで嫌だったし、決まりも悪かったのでなれなかった。というか、現実的に不可能だった。というのはパンクに必要な楽器すら満足なものが買えぬ私たちにとって高価な波乗り板を買うなど、夢のまた夢であったからである。

そんなことでサーフィンをしないまま五十の坂を越えた。

その私が急にサーフィンをしようと思ったのは如何なる訳か。勿論、自分の本来の魂を回復することに失敗したからである。

さんざん嫌な思いをし、さんざん苦労をして、隣のおばはんに水まで撒かれ、やっとこさ拵えたお好み焼が、大坂の味ではなく。そこいらで売っているソースとマヨネーズの味であったこと。このことは私の魂をズタズタに引き裂き、腐った死骸のように汚らしいものにした。

だったら、そんなだったら、もう自棄《やけ》のやん八、大坂人に戻れぬならいっそのことサーファーにでもなってこましたろかい、と考えてのことだった。

もちろん、そんな為体《ていたらく》の私なので五十を過ぎても波乗り板を買う金などなかった。全額借金。この四文字が私の心に重くのしかかっていたが、EAGLESという米国の音楽グループのTAKE IT EASY、という楽曲を歌うことでなんとか乗り切った。

私は関東戎夷だ。なめとったら呪い殺すぞ、あほんだら。

そんなことを頭のなかで思いながら全身に光を浴びて私は重い波乗り板を横抱きに抱いて、遠浅の海にザブザブ入っていった。

その結果、私はどんなことになっただろうか。結論から言うと、悲惨なことになった。私は確かに波に乗ろうとしていた。程よきところまで進み、板のうえに腹ン這いになり、頃合いを見計らって、両の手をバシャバシャして進み、サア今だ、というタイミングで波乗り板のうえに立ち上がろうとした。と思ったら忽《たちま》ちにしてバランスを崩して転倒、そこへ大波が押し寄せて私は波にのまれ、水中でクルクル回転、自分の波乗り板で鼻を強打して号泣した。

しかし、何事も初めからうまくいくものではない。私が四十年も続けたパンクロックだってそうだ。やりかけの頃はなかなか上手にパンクロックができない。何度かやるうちに次第にパンクロックらしくなってきて聴くものを嫌な気持ちにすることができるようになるのであり、一回やってうまくいかないからこれを諦めるというのは愚か者のすることだ。

そう自分に言い聞かせて私は鼻の痛みをこらえ、再び立ち上がって重い波乗り板を横抱きに抱いて沖に向かって歩いた。

その際も次々に波が押し寄せてくる。ときには大波も押し寄せる。その都度、波に翻弄され、鼻や耳に海水が入ってとても嫌な気持ちになった。それでも私は沖に向かって歩いた。私は十字架を背負って歩くイエス様のことを思っていた。

そしてまた頃合いを見計らってこぎ出し、また転倒して波にのまれ、顔面を強打して泣いた。そんなことを四十回も繰り返して、私はもはや立ち上がれないほど消耗、波打ち際にぶっ倒れて、立ち上がれないでいた。鼻水と涎とそして涙がとめどなく流れていた。

視界の隅に、ビキニを着てぴったりとした半ズボンのようなものを穿いた若い女の子たちがスイスイ波に乗っているのが見えた。

彼女たちの目に私はどのように見えただろうか。

もちろんイエス様に見えるわけがない。無惨で惨めなおっさん。浜辺の笑い物。恥辱の国際見本市。マア、そんなところだろう。

といったような次第で私はサーファーになれなかった。

サーファーも駄目。大坂も駄目。俺という人間はどこまで間抜けなんだ。どこまでミジンコなんだ。一時間ぐらい太陽を凝視して目を潰してしまおうかな。それとも、鑿《のみ》で喉をついて自滅しようかな。それとも皇居前広場で草笛を吹きまくって俺は尊皇ジョーイ・ラモーンだ、と怒鳴り散らしてみようか。市民マラソンに参加してテレビカメラの前で全裸になって切腹してやろうか。きっとそんなことすらできないのだろうな、俺は。俺という人間は。

といったようなことを思いながらふと気がつくと私は幅の広い川の土手を歩いていた。いつの間にこんな土手に来たのだろうか。訳がわからない。波乗り板も棄ててきてしまったようだった。

川の上流に向かって左側は山で、右側は開けて人家や畠があった。土手の両側には桜の木がずうっと生えていた、花見時分には見事な景色であろう、と思われた。

この土手をずっと行ったら山奥に辿り着く。そこで縊《くび》れて死ぬる。そんな平凡な結末で私というくだらない物語は結末を迎えるのかな。ほほほ、そのためにこの土手をどこまでも歩いて行こう。どうせお金ももうないしね。っていうか借金あるんだけれども、後は野となれ山となれ。坂本龍馬の精神だっ！　ってどこがやねん、ねん、ねん、ねん、ねん。

と頭がディレイして狂っていた。

さあ、物語は終わる。ということは私はこの世から消えてなくなるということで、それより後は、笑うことも泣くことも歌うこともない。そう思うと急にたまらなく寂しくなった。目の前のつまらない土手の風景が、物凄く美しく見えてきた。後ろから走ってきた軽トラックが左手の製材所のようなところに入っていった。

そのとき私はふと、最後の晩餐をとったらどうだろうか、と思った。

死刑囚やなんかが死刑執行の前に希望の食事を与えられるように、私もこの世の名残に希望のものを食べようと思ったのだ。

しかし、こんな土手に果たして食堂があるだろうか。それならば引き返して町中に戻った方がよいのではないだろうか。そうだ。こんな土手に食堂なんてあるわけがないし、よしあったとしても、死ぬ直前に食べたいと思うようなものがある訳がない。あたりまえだ。ここは土手なんだぜ、土手。

と、そう思ったとき、脳髄に電撃を受け、私はその場から動けなくなった。

頭のなかに、土手。土手焼。という言葉が響いていた。

そうだ。土手焼だ。私は死ぬる前に土手焼を食べるべきなのだ。土手焼こそが私の最後の食事にふさわしい。

私はきびすを返して町中に向かった。そして私は町中で居酒屋などを中心に土手焼を探しまわったが土手焼はどこにもなかった。というのは当たり前の話で、ここは大坂から遠く離れた伊豆半島のそれも突端近くのどこかなのだ。大坂の市井の食べ物である、土手焼、を商う店があるわけがない。つまりそんなこともわからないくらい私は錯乱していたのだろう。或いは、死の恐怖に思考が痺れていたのか。

そんなことで私はとりあえず死なないで自宅に帰ったのだが、自宅周辺にも土手焼を扱う店はなかった。

となればやるべきことはただひとつ。そう、土手焼を自ら拵える。ということ。

それを為した後、私は死ぬる。ただし、それが奇跡的にうまくいったらどうなるのだろう。奇跡的にうまくいって本来の魂を回復したらどうなるのだろう。
そう。私は死ななくてもよい。
私は死ぬるため、と同時に生きるために土手焼を作る。
そんな決意を私はしていた。自宅でしていた。

二

土手焼を作る。そう決意してから一か月が経ったがいまだ、土手焼を作らないでいる。といって土手焼のことを忘れたわけではない。頭のなかではつねに、土手が紅蓮《ぐれん》の炎に包まれて燃えている。焼きたくってたまらない。ではすぐに焼けばよいではないか、てなものであるが、なかなかどうしてすぐには焼かない。

なぜか。それは自分の気持ちを土手焼に向けて限りなく高めていくためである。土手焼を作りたい。そんな程度ではもちろん駄目で、土手焼のことを思い詰めるあまり、端から見たら狂人としか思えない。というくらいに土手焼のことを考え続け、もはや、土手焼病、というくらいにならなければならない。

なぜか。失敗をしないためである。「ははん。土手焼でも作ってみよかな」くらいの軽い気持ちで事に当たれば間違いなく失敗するからである。というか、重い気持ちで事に当たっても失敗をするのである。

ではどうすればよいか。右に言ったように、自分自身が土手焼となってしまうくらいの気持ちで事に当たらなければならない。そうなるまで土手焼を作ってはならないのである。

というわけで私は土手焼に向けて気持ちを高めていった。ただでさえ高まる気持ちを意図的に高めるのだから、気持ちがムチャクチャに高まり、気持ちが天窓を突き破って頭と言わず顔と言わず血まみれになった。その血まみれの顔のまま、自ら考案した、すじ肉踊り、という踊りをぶっ倒れるまで踊った。そして気がつくと真夜中で、土砂降りの雨の中、号泣しながら見知らぬ土手をよじ登っていた。土手下には汚らしいバラックが土手にへばりつくように建ち並び、養豚の匂いが立ちこめていた。ぶひいいいいいいっ。きいいいいいいいいいいっ。という豚の絶叫が聞こえていた。その音が頭のなかに入ってきて藤の花になった。頭が藤の花で一杯になり、ふわふわしてものが考えられなくなった。耳や鼻から藤の花が湧き出てきて、顔全体が花になり、目も見えず耳も聞こえなくなった。手もなくなった。足ももげた。気がつくと濁流に流されていた。濁流は味噌のような色をしていた。味噌のような濁流に身体がどんどん溶けていって、私は意識だけの存在となったが、その意識も次第に途切れ途切れになり、三度目に気がついたとき、私はひっくり返したバケツの上に弥勒菩薩半跏思惟像と同じ恰好で座っていた。両の手にはなぜか出刃包丁と菜切包丁が握られていた。何時間そんな恰好で居たのか見当もつかない。ただ、天窓は確かに破れていたし、顔面には乾いた血がこびりつき、全身、泥まみれだった。

気持ちが高まった挙げ句、こんなことになるのは間違いなく狂人である。ということは、私は土手焼を作ってよい、ということになる。

よし。作ろう。土手焼を作ろう。作ろう。作ろう。ああああああああああっ。叫んで両手両足を変な風にねじ曲げ、バケツを蹴飛ばし、それからバケツを拾い、風呂に持っていってバケツに水を満たし、玄関から庭に出て、バケツの水をぶちまけ、空になったバケツを庭石に叩きつけて、部屋に戻った。

さあ、土手焼を作る。しかし、そのためには土手焼というものがどういうものかを知らなければならない。土手焼とはどのような食物か。

平成二十年十月の夕。私は新大阪駅の地下二階の居酒屋で土手焼を食べたことがある。その土手焼はどんなだったか。その土手焼は丸い瀬戸物の器に入っていた。器の中に入っていたのは牛すじ肉と、それらを味噌煮にしたものが入っており、うえに白髪葱がのせてあった。

ということは、土手焼とは牛すじ肉の味噌煮である。と言えるはずであるが、果たして本当にそうだろうか。否否否。断じて否である。

じゃあ土手焼とはどういうものか。

まず、土手焼はそうして丸い瀬戸物の器などに入っていてはならない。土手焼は、方形の金属の、鍋というよりは縁の立ち上がった鉄板のようなものに入っていなければならない。

またその際、牛すじ肉は串に刺さっていなければならない。そしてその串刺しになった牛すじ肉は、まさに土手のように、何段かに重なっていなければならない。その何段かに重なった牛すじ肉に、どろどろに溶けてゲル状になった味噌がかかっていなければならない。その土手焼は平たい皿で供されなければならない。その土手焼に蒟蒻《こんにゃく》などというふざけたものをけっして入れてはいけない。

土手焼とはそういうものであり、右の条件をひとつでも欠けばそれは土手焼ではないのである。なので土手焼を作るには、まず、右に申し上げた、方形の金属鍋、が必要になってくるのであるが、果たしてそんな鍋があるのだろうか、というとそれはあって、土手焼用の鍋、と検索すると、厨房機器を販売する会社の頁が表示され、その頁で、どてやき器、というものを買うことができる。

どんなものかというと、下部が四角い金属の瓦斯焜炉《ガスコンロ》、上部がそれにぴったりはまる四角い、立ち上がりのある金属鍋、というか鉄板になっていて、これぞまさに私がイメージする、「土手焼鍋」である。

そこで私は即座に、この、どてやき器、を購入した。と言いたいところであるが購入しなかった。と言うと、「なぜだ。こんな土手焼作りに最適の、これさえあれば成功間違いなしの、どてやき器をなぜ買わないのだ。もしかしたら馬鹿なのか」と思う人も多いだろうが、じゃあ私はその人に問いたい。「その価格は、どてやき器（大）なら二万三千五百円、どてやき器（小）でも一万九千五百円するのだが、それでもあなたは買いますか？」と。

もちろん、多くの人が、否否否、断じて否。と答えるだろう。そりゃそうだ。これから土手焼屋を始めるならともかく、週に一度か、まあ、多くても二度かそこら、土手焼を拵えるために高価な専門・専用の器具を買う者はないに決まっている。また、手狭な一般家庭の台所において、こうした大型の専門器具は場所塞ぎでもある。

見た感じ、温熱治療などに転用できそうではあるが、それとて効能は専用の温熱治療器に遠く及ばぬだろう。しかもそれは遙かに安価なのである。

もちろん世の中には、普通の人間にとっての一万円がその人にとっての一円、みたいな、億万長者もいる。しかし、そういう人も、どてやき器、は買わない。そういう人は、どてやき器、を買うのではなく、土手焼屋を丸ごと買い、妾や息のかかった者に経営をさせ、好きなときに土手焼を食べに行くのである。

そうすっと、こんだ、その土手焼屋が繁盛してしまい、その人はますます儲かってしまう。富める者はいやまして富み、貧しい者はいよよ貧しくなる。世の中というのはそういうところだ。そういう世の中は私たちの若い力で改良していかなければならないが、まあ、しかしいまは土手焼を作らなければならない。二兎を追う者一兎をも得ず、だ。っていうか別に若くもないしね。

というわけで、どてやき器は買わなかった。また、ちりとり鍋、という鍋があって、これは、ちりとり鍋、という料理を作るための鍋なのだけれども、方形の縁の立ち上がった鉄板のような金属鍋で、価格も三千円かそれくらいで、正方形のものはちょっと感じが違うのだが、長方形のものは土手焼用にちょうどよい感じで、これで代用することも考えたが、やはりよしておいた。

なぜかというと、ちりとり鍋、というのは、ちりとり鍋、という料理のために作られた専用の鍋であって、その鍋で土手焼を作ると、土手焼の純粋性というか、正統性のようなものが侵害されるような気がしたからである。やはり土手焼は専用のどてやき器を使うか、経済的な理由等によってそれが用意できぬのであれば、汎用品を使うのがやはり人間としての正しい態度であると私は思う。

で、なにを使うことにしたか。

ホームセンターなどで簡単に買うことのできる、バーベキュー用の鉄板を使うことにした。これなら千円もしないし、長方形の立ち上がりのある金属鍋だし、なにより、汎用品であるから、それを使用することによって土手焼の名を汚すこともない。

さあ、これで使う鍋は決まった。後は牛すじ肉を買ってくればよい、というので近所のスーパーマーケットに行ったところ、これを売っておらなかった。

そういえば四十年前、関東に参った頃、スーパーマーケットに牛すじ肉は売っておらず、ごく稀に売っているのを見つけたら、そのパッケージに、(愛犬用)、という表示があった。私はこれを、関東では、すじ肉などという貧民の食い物を買うのは世間を憚る行為なので、店の側が牛すじを買う客のために、「これは愛犬用ですよ。人間が食べるために買うのではありませんよ」というエクスキューズを与えているのである、と解釈し、「ああ、なんたら虚飾に充ちたところだろう。いやなところに来てしまったものだ」と嘆いたものだが、あれから四十年が経ち、コラーゲン料理、なんて言われるようになって関東でも特段、牛すじ食を卑しむことはなくなった。

とはいうもののこのように売っておらない場合もやはり多く、ということは山を越えて隣町まで買いに行かなければならないということだが、いまから行くと夜遅くなってしまうので、今日は土手焼作りはここまでといたし、近所にある、「串特急」という店に行って清酒を飲むこととする。なのでとりあえずは御免。

三

「串特急」に行ってきた。どうだったかというと失敗だった。というのは私が「串特急」に行った、その動機に関連していて、端的に言うと私は串特急は串カツ屋だと思っており、ならばその献立には必ず、土手焼、が存し、それを食することによって、自らの土手焼作製に資する部分があるのではないか、と考えて、「串特急」に行ったからである。

ところが行って初めてわかったのだけれど、「串特急」は串カツ屋ではなく、どちらかというと焼鳥屋であった。つまり私はその店名に、串、という文字が冠されている以上、それは串カツ屋に違いない、と思い込んでいたのだが、これはあきらかに私の粗忽《そこつ》であった。しかし入ってしまったので諦めるより他なく、私は、清酒三合とお通しと月見つくねと鶏皮ポン酢と自家製モツ煮込みを食し、代銀二千五百九十三円也を支払って表に出た。「串特急」に入ったのは午後五時二十分頃、出たのは午後六時十三分頃だったが、客は最初から最後まで私ひとりだった。健康で幸福で美しい男女が宴会やコンパで盛り上がるのはもっと遅い時間なのだろう。そんなことを私は思った。「串特急」で思ったこと・感じたことはその他にもいろいろある。けれどもそれは本筋とは関係のないことなので省略する。

扨《さて》、「串特急」を出た私はそのまま家に帰っただろうか。帰らなかった。では私は、「串特急」からほど近い、以前から気になっていた、「ピンクムーン」というファッションと健康が一体となった店に行っただろうか。行かなかった。じゃあ、どこに行ったのだ。私は再びスーパーマーケットに行った。

ファッションはまあよいとして健康は大事なのでその健康のために野菜ジュースを買おうと思ったのである。

もはや暗くなっており、老人たちが出歩かないためスーパーマーケットは空いており、私はなんの労苦もなしに野菜ジュースを籠に入れることができた。ならばそれでよいようなものであるが、スーパーマーケットというのは因果なところで、大抵の食料品や生活雑貨が置いてあるため、ついそれだけでおわらず、「ええっと、なんかついでに買うもんなかったかいな」と思って、本来の目的を達成したのにもかかわらずフロアー内をうろついてしまう。

ご多分に漏れず、この私も、「ああ、そういうたらダストマンという名称の、流し台の三角コーナーに被せる網袋のようなものを切らしている。この機会に買っておこう。おおそうじゃ」とか言いながら、あちこちさまよい歩いて、気がつくと籠のなかには野菜ジュースの他に、ダストマン、鶏卵、オリーブオイル、猫用の缶詰、タマネギ、ニンニクやなんかが入ってしまっていた。にもかかわらずさらに私は、「なんだか今日は気持ちがくさくさするし、豪州産牛スネ肉を買い、ライスカレーでも拵えてやるかな。ふっ、気持ちがくさくさするからライスカレー、小さな男だな。ピンクムーンに行って豪遊する度胸がおまえにはないのか。ない。なーんてね。自問自答したりしてね」なんついながら、肉売り場に向かった。

時間が遅いせいか、肉に狂い、憑かれた人たちももはやおらず、肉売り場の前は閑散として、ひとり三角巾をかむり白衣を纏い、白いゴム長靴を履いた精肉担当店員が品出しをしているのみであった。

精肉担当従業員はちょうど私が買おうとしていた豪州産牛スネ肉が置いてある棚のあたりにいた。

私は買う物が決まっていたし、肉に狂い、憑かれた、あの人たちのような浅ましい所業に及びたくなかったので、その眼鏡をかけた男性店員の背後から手を伸ばして豪州産牛スネ肉のパックを無造作につかんで籠に入れた。

その私の行為を自分に対する批判と受け止めたのだろうか、男性店員は手に持っていた肉のパックを棚に置くと、まだ作業が途中であるのにもかかわらずバックヤードに去った。

違う違う。私は君を批判したのではない。そう心内語で叫びつつ、ふと、男性店員がいま置いたパックを見て私は息をのんだ。

一パックは国産牛カレー用だったが、残りの三パックは、あるはずのない牛すじ肉であった。私はまるで中三の少女のように思った。

「もしかしてこれって、運命?」
私は籠のなかの豪州産牛スネ肉を棚に戻し、棚の牛すじ肉三パックすべてを籠に入れた。
それから私は白味噌と清酒一合を籠に入れレジに向かった。

清酒三合を飲んで酔っていた。なので買ってきた物をいったん冷蔵庫にしまい、すべては明日のこと。とするのが正気の人間のすることであろう。しかし私は既に気が狂っており、運命の日であり、思わぬ幸運に恵まれた今日のうちに、せめて下ごしらえだけでもしておかなければならないという気持ちになっていた。

帰るなり私は買ってきたもののうちダストマンなどを床に捨て、土手焼に関係あるものだけを流し台に並べた。

すじ肉三パック、合計約一瓩《キロ》、千二百円。白みそ京の彩、二パック、合計六百瓦《グラム》、六百五十六円。信長鬼ころしパックライト、百八十竓《ミリリットル》、九十八円。

そして私は大鍋をとりだしてこれに水を張り、パックから取り出したすじ肉をこれにぶちこんだうえ、瓦斯焜炉に乗せて火をつけた。

鍋が大きいので沸騰するのに時間がかかる。その間、私はノートパソコンを持ってきて、吉本新喜劇の動画を再生した。もちろん私が見るためではなく、鍋のなかのすじ肉に大坂の魂の精髄である、吉本新喜劇の音声を聞かせることによって、より大坂らしい味になって貰うためである。

はじめ、ひそとしていた大鍋は、うどん屋に三人組のやくざが登場し、ばかげて珍妙なやり取りを始めたあたりでグラグラしだした。私は沸騰を続ける程度に火力を弱めた。

鍋の表面には茶色いあぶくがわき出していた。また、脂と血液も湯に滲出しているようだった。最終的に敗亡した三人のやくざが、三者三様の、捨て台詞になっていない捨て台詞を残して舞台下手に去る頃、私は火を止め、鍋の中のすじ肉を笊《ざる》にあげて流水で軽く洗い、残った湯を捨てた。

なんでそんなことをするのか、というと余分な脂を除去するためである。どういうことかというと、ご案内の通り、すじ肉には脂分が多い。なのでこの一連の動作をしないで調味すると、できあがった料理が脂でぎとぎとになり、食べる場合、おいしいと思えなくなってしまう可能性があるからである。

だから私がやったようなことをやって余分な脂をとる。この行為を業界では、ゆでこぼす、という。というと、ドラマの主人公が、「要らない命なんてない！」と絶叫するような口調で、「要らない脂なんてないっ！」と絶叫する人は出てこないにしても、「そんな風に、ゆでこぼし、てしまったら、本来のうま味も捨てた湯と一緒に流出してしまうのではないか」と不安な気持ちになり、それが高じて休職してしまう人があるかも知れないが大丈夫、その脂は本当に要らない脂である。

さあ、余分な脂がとれた。ということはさっそくこれを味噌で煮込んでいくことになるのであるが、その前に下茹をしなければならないことを私は知っていた。どういうことかというと、すじ肉というものは生来が固い。ところが土手焼は、とろっとろっに柔らかい。固いすじ肉をどうやってとろとろにするかというと、味噌で煮込む前に味をつけないストレートな水で下茹をすることによって柔らかくするのである。

そしてこの時点で私はある企みを抱いていた。というのは、その下茹の際に、圧力鍋、というものを使用してやろうと考えていたのである。

どういうことかというと、普通の鍋で下茹をするとなると結構な時間がかかる。やってみないことにはわからないが、おそらくは数時間かかるのではないか、と思われる。ところが圧力鍋を使うと、トータルで三十分かそこいらで下茹が終わるのであり、これを活用しない手はない、というか、自宅に圧力鍋がありながらこれを使わないものがあるとすれば、はっきり言ってそいつは馬鹿者である。私は馬鹿者にはなりたくなかった。

そこで私は笊にあげたすじ肉を圧力鍋にいれ、水を張り、蓋を閉めて錘《おもり》を乗せ、瓦斯焜炉に乗せて火をつけた。そしてもちろん、また新たな吉本新喜劇の動画を流した。

うどん屋の客が帰っていく頃に錘が回転し始め、赤いポッチが突出した。債権回収業者が自縄《じじょう》自縛《じばく》のようなことになって這々《ほうほう》の体で退場する頃に火を止め、兇漢が刃物を持って乱入、ある人物の婚約者でありながら過去の思い人に未練を残す美女を人質にとる頃、赤いポッチが沈降、私は圧力鍋の蓋を外した。

再度、笊にとった。そして既に申し上げた通り、土手焼というものは宿命的に串刺しになっていなければならないので、これを俎《まないた》の上にのせ、適当な大きさに切って竹串に刺した。

その際、注意したのは脂身の部分と肉質の部分が一本の竹串のなかで均衡するように刺す、ということで、なぜならこれをやらないと、脂身だけの串、肉質だけの串、というものができてしまうからである。このとき、指先が非常に熱かった。ならば肉が冷めるのを待って串刺し作業をすればよいのだけれども、私はもはや気が狂っているのでそんな悠長なことは、とてもじゃないがやっていられない。はっきり言って下茹の間、吉本新喜劇に合わせて踊り狂っていた。音楽に合わせて踊る、というのならまだわかる。しかし、私は演劇に合わせて踊っていたのだ。それがどんな踊りだったかは自分を自分で見ることはできないのでわからないが、譫言《うわごと》・奇声も発していたし、これを誰かが見ていたら間違いなく通報したと思う。

まあ、それはよいとしてこの時点まではきわめて順調。しかし問題はこれからで、まだ安心はしていられない。私はそう自分に言い聞かせて、あとは明日のことにしよう、と、下ごしらえなったすじ肉をアルミのバットに並べ、厳重にラッピングフィルムを巻いて冷蔵庫にしまった。

四

午前と午後、どちらが仕事が捗《はかど》るかというと午前の方が捗る。なぜかというと午前中は世間がまだ動き出しておらず、世間に煩わされることなく没頭できるからである。なので私は午前の、それも早い時間に仕事を始め、午前十時頃には仕事を終えることにしている。

目が覚めると余のことはなにもしないで直ちにノートパソコンに向かい、それが終わって漸《ようや》く、世間の人がする、朝飯を頂戴する、新聞を読む、といったようなことをするのである。

しかしこの日は違った。私は目を覚ますなり、冷蔵庫に向かい、ドアーを開けて件《くだん》のバットを取り出した。起きるなり私は土手焼のことを考えた。いや、というか眠っている間もずっと土手焼の夢を見ていた。

私はバットを流し台に置き、何百年も秘仏とされていた仏像の封印を解くような気持ちで、何重にも巻かれたラッピングフィルムを剥がし始めた。

そしてあらわれた串刺しの肉のなんと見事だったことか。

その出来映えはまるで本職の土手焼職人が拵えたかのようだった。

十年年季を入れた職人と始めたばかりの素人の間には越えることのできない高い壁がある。私はその壁を狂気のジャンプ力で飛び越えたのだ。なんという凄いこと、なんという偉業を成し遂げたのだろうか。もうここまできたらトイレなんか行かずにジャアジャア放尿しても許されるのではないか。

と、そんな風にも一瞬、思ってしまったが、いかんいかん。まだ、土手焼は完成していない。というか、まだ、なんらの味付けもなされていない素材の状態なのだ。ここからが本格的な勝負であって、ここまではできてあたりまえの基礎の基礎なのだ。ジャアジャア放尿なんてとんでもない話で、もっと精神を引き締めていかなければならない。というか、ジャアジャア放尿したところでなんのメリットもないし、第一、私はそんなことはしたくない。私がしたいのは大坂の魂を取り戻すこと。それだけだ。

というわけで私は、牛すじ肉を焼くというか煮込む作業に取りかかった。

まずは。瓦斯焜炉のうえに件のバーベキュー用の鉄板をおいた。短い方の辺が二十四糎《センチ》、長辺が三十七糎、立ち上がりは二糎あるが、四十五度傾いているので、深さは一・四糎である。

この鉄板に白味噌を盛り、箆《へら》で堤を拵えた。堤＝土手、という訳である。私は、この土手の内部に出し汁を張り、酒や味醂を入れ、そのなかに串刺しになった牛すじ肉を入れ、熱と脂分と水分によって少しずつ、白味噌を焼きつ溶かしつ、焼く。これすなわち、土手焼なり、という目算を立てていたのである。

ところがこの目論見がたちまち頓挫した。というのは、鉄板のぐるりに堤を築こうとするなれば白味噌六百瓦《グラム》では到底足りず、少なくともその四倍、すなわち、二・四瓩《キロ》は要りそうに見えたのである。勿論、気が狂っている私にとってそれを買いに行くことくらい造作のないことだったが、しかし、どのように考えても一瓩のすじ肉に対して二・四瓩の味噌は多すぎ、そんなことをしたら肉を食べているか味噌を食べているかわからなくなってしまう。

そこで私は鉄板の中央部に、楕円形に堤を拵えた。串で言えば、四本か五本、それくらいしか入らない小規模な堤である。それでも三百瓦がとこ味噌を使った。その堤の内側に三百瓱《ミリリットル》程度の出汁を満たし、酒を大匙四杯、味醂を大匙四杯、砂糖を大匙二杯投入のうえ、そこへ串刺し肉を入れた。

ところが意外なことが起きた。

内部に出汁を満たした段階で堤の下部より出汁が漏れ始め、串刺し肉を入れた段階で堤はぐずぐずに崩壊、出汁は鉄板にジャアジャア垂れ流れていったのである。

しかしまあ、そうなってしまったものは仕方がない。私は、土手方式を諦め、通常の煮込みと焼きの中間くらいにするということにして、味噌と出汁が混じり合いながら、鉄板に広がっていくのをそのままにして火を点け、残りの串刺し肉を、こんだ、横一列に並べた。

串は全部で八本。これを手前側に並べるとちょうど長辺の幅。本職はこれを三段くらいに積み、上下を入れ替えたり、煮汁を掛けるなどしつつ土手焼を管理していた。実は私もそれをやりたかったのだがそのためには、あと十六本の串刺し肉が必要になるが、八本しかないのでできない。

そこで気分だけでも味わおうと、二段に積んだり、真ん中と脇のを入れ替えるなどしてみたが、実はこれはただのファッションではなく実際的な作業でもあった。

というのは、鉄板は長辺が三十七糎《センチ》あるが、グリルの丸い炎が当たるのはその真ん中あたりのみで、中心部の煮汁が激しく奔騰《ほんとう》し、すぐに固化して、表面が白鑞《はくろう》のようになるのに比して、周縁分は冷たいままで肉にも味噌にもちっとも火が入っていかないからである。

つまりこれだけの大きさの鉄板の、その全体を均一に熱しようと思ったら、専用のどてやき器がそうであったように、U字型のバーナーが必要になってくるのである。というのはタコ焼を作る場合やなんかもそうかも知れない。タコ焼用のブツブツした鉄板を丸いグリルの炎にかけたら真ん中ばかり焼けて周縁部は冷たいままになることが予想されるのである。

このことから、大抵の家庭の鍋が丸いのにはそれなりの意味があるということがわかる、丸ければ、それなりに全体に熱が伝わっていく。そして、私の土手焼の場合、さらに不利なのは鍋の深さがない、ということで、鍋に深さがあれば、内部に対流が生起して全体に熱が伝わっていく可能性があるが、私の鉄板は深さが一・四糎しかないため、対流がほとんど起こらない。

つまり私の鍋は、グリルに比して大きすぎる。炎が円形であるのにもかかわらず方形である。深さがないので対流が起こらない。という三重苦を抱えており、常に串の位置をローテーションしていないと、一部は焦げ、一部は冷たいまま、という最悪の事態に陥るのである。

そこで私はいまも言うように串の位置を頻繁に変え、また、ともすれば固化し白鑞化する中央部の味噌出汁を箆で周縁に押し出し、濃度の均一化を図るなどしていたのだが、これを二時間ばかり続けるうちに味噌出汁に好ましい変化の兆しが見えてきた。

というのは、そうするうちに味噌出汁から水分が蒸発し、それと入れ替わるようにすじ肉から油脂が溶け出して、いい感じのゲル状になってきたのである。また、色も大坂の串カツ店でかつて見た味噌出汁そっくりで、見ているだけで魂が大坂な感じになってくるような心持ちがして、思わず、「かっ飛ばせぇえ、バッアッスッ」と叫びながらその場で回転した。そのうえで、「俺は回転寿司や。俺そのものが回転寿司なんや」「そんなやつおるかいっ」と絶叫し、泣き狂った。知らない人が見たら完全に狂っていると思うだろう。ははは。そんなことはない。そういう意味では私は狂ってなどいない。これは魂が、真の魂が回復するときに起こる、あたりまえの現象に違いない。

そらそうだ。ひとりの人間のなかで魂の展開、転換、入れ替え、呼び戻しが行われるのだ。そこには激しいエネルギーが渦巻くに決まっている。

「新しい激しいエネルギー。それはちくわの穴を通ってくる!」

そんな心にもないことを叫び、そして、新しい激しいエネルギーによって破壊されるちくわの心を思って泣き崩れた。

「あまりと言えばあまりのことによよよよよと泣き崩れるひとりのをんな」

と芝居のような口調で言ってしゃがみ込んだ。もちろんこれは女性三人の音曲漫才チーム、「ちゃっきり娘」のアコーディオン奏者、松原秋美さんのギャグであることを私は魂のレベルで知っていた。

ここまできたらもう大丈夫や。そんなことを心内語であるのにもかかわらず大坂語で思い、そして直後に、あかんあかん。と思った。

いくら見た目がそれっぽくできても味が駄目ならなんの意味もない。そのことを私はかつてお好み焼を作った際に学んだ。学べば学ぶほど味の重要性ということがわかってくる。

肝心なのは味なのだ。味がまずければなんの意味もないのだ、と、三千回唱えながら滝に打たれたい。そんな気持ちで私は、玉杓子で味噌出汁を掬い、味見をした。

ぴーぽーぴーぽーぴーぽーぴーぽー。脳の中に千人の松原秋美さんが現れて救急車の真似をしながら走り回った。よく見ると後ろでジミ・ヘンドリックスが伴奏をしていた。その奥の方には猿もオランウータンもいるようだった。

さほどに、えぐえぐい味であった。辛みと甘みが罵り合いをしているところに、苦みが仲裁に入ったのだけれども、話をしているうちに興奮した苦みが持っていた牛刀で辛みと甘味に斬りつけているところに、えぐみが運転してきたダンプカーが暴走してきて全員を轢き殺した、みたいな味だった。

なぜそんなことになったのか。最大の原因は白味噌の入れ過ぎであるらしかった。白味噌を三百瓦《グラム》も投入した。それに比して出汁は三百竓《ミリリットル》である。その時点で私も、少し多いかな、とは思っていた。けれども味噌で土手を作ることに拘泥していた私にとって三百瓦でも少ないくらいだった。けれどもその後、味噌で土手を作るプランは放棄されたのだから、三百瓦を入れる必要はなかったのだ。だが、その時点ではそのことがわからなかった。私は、土手、という言葉にこだわっていたのだ。

さあ、どうするか。どうやら私は人生最大の難所にさしかかっているらしかった。

五

白味噌を入れすぎたためゲサゲサになってしまった土手焼を前に私は方途に暮れていた。足りなければ足せばよいが、入れすぎたものを引くことはできない。というか、一度、入れてしまったら自ら責任を取らなければならない。私の知り合いで泥酔して入れてしまったため、意に染まぬ結婚をした者がある。私はその男をあざ笑ったが、いまはこの男と同じ立場に立ってしまっている。

さあ、どうしたものか。どうもこうもない。入れてしまったものを取り出すことができない以上、水で薄めるより他はない。もちろん、それが下策中の下策であることは承知している。薄めたところでいったん生じたえぐみがなくなるわけではない。えぐみはえぐみとして残る。そして、いい感じのゲル状態だったのが、なんだかしゃぶしゃぶした、でも一部には半ばはヘドロ、半ばはコレステロールのような嫌な塊が、汚らしく淀んで、食欲というものを根底から否定する。また、それ以外は一定のバランスを保っていた、酒、出汁、味醂、砂糖などは大量に注入された水によって薄まり、バランスは崩壊するだろう。

ということがわかっているにもかかわらず水を入れなければならないのは悲しいことだった。入れすぎた。それを解消するために、また、余計なものを入れる。失敗して駄目になったものは実はなにをやってもよくならない。いったん駄目になったら打てるのは悪手《あくしゅ》のみなのだ。だったら、悪手なんだったら打たなければよいではないか、てなものであるが、打たなければもっと駄目になる。打ったら打ったで駄目になる。だって悪手だからね。

それならばなにもしないで座して死をまてばよいのか。それはそうなのだけれども、なかなかそうできないのが人間だ。百万の敵が上陸してきた。それに比べて我が方は二百。装備は貧弱で弾薬も残り少ない。だからといって戦わない訳にはいかない。全滅覚悟で引き金を引き続けるしかないのだ。

そんなことで私は方形の鉄板に水を入れ、火を少し強くした。

といってしかし、方形の鉄板の立ち上がりは僅僅一・四糎《センチ》であり、一度に入れられるのはせいぜい五十瓱《ミリリットル》かそこいらである。ということは入れすぎた白味噌に起因するえぐみがあまり薄まらないということである。というか、実際の話が、水を入れて再び中央の、瓦斯火が当たっているあたりがぐつぐついいだした頃合いで、匙にとって舐めてみたが、脳がおかしくなりそうなえぐみはちっとも薄まっていなかった。

それでも頑張って少しずつ水を足し続けた。そして、ただ水を足したばかりではない、水を足すと同時に、砂糖、味醂、酒も足していった。鍋のなかにおける白味噌の比率を少しでも下げたいと思ってのことだった。足しながら、日銀の買いオペとはこういうことなのだろうか、なんて思ったのは味見のしすぎで脳がかなり悪くなったからだろう。

まともな人間でいるためには少し口直しが必要だ。そう思って、一合入の紙パックとは別に、一升瓶を持ってきて湯呑にどくどく注いで酒を飲んだ。飲みながら水を足し続けた。味醂も砂糖も足した。酒は紙パックが空しくなったので一升瓶から足した。

鍋ばかりではなく自分自身にも酒を足した。湯呑にどくどく注いで。

そうでもしないとやりきれなかった。だってそうだろう、いまこの時間、多くの人は何をしているだろうか。そう。社会で一生懸命働いている。ある人は自動車の部品を作り、ある人は田を耕し、ある人は国の政策を決定するなどしている。何百億という金の取引をしている人もいるだろうし、誰かのために重い荷物を運んでいる人もいるだろう。

それに引き比べて、俺は、この俺はいったいなにをやっているのか。一日中、薄暗い台所に立って、土手焼の鍋をかき回している。馬鹿だよ、馬鹿。もっと他にやることがないのだろうか。もっと有意義なこと、誰かの役に立つことができないのだろうか。ははは。できねんだよ、俺はよ。できねぇから、こうやって土手焼の鍋をかき回してんだよ。その土手焼だって失敗してんだよ。酒でも飲まないとやってらんねぇんだよ、文句あったら、こいっ。

と、虚空を睨《ね》め付けて怒鳴り、水を足し、酒、味醂、砂糖を足し続けた。自分には湯呑に注いだ酒を足し続けた。湯呑の表面にはハローキティーちゃんという猫の化け物が描いてあった。ハローキティーちゃんがそんな私をじっと見つめていた。ハロー、キチちゃん。

どこで意識が途切れたのかわからない、気がつくと台所とひとつながりになった居間で横になっていた。頭の芯の辺りが、どんよりした熱を帯びているようだった。甘い匂いがリビングに漂っていた。あっ、鍋。慌てて起き上がると、「やあ、起きたのかい」と、男の声、見やると台所と居間の境のあたりに折鴨ちゃんが立っていた。

「え、折鴨ちゃん、なんで居るの」

「なんでいるのじゃねぇぜ。こないだ、木曜日の夕方から、おまえン家で家飲みしようって約束したじゃねぇか。そいでやってきたら、いくらピンポン鳴らしても出てこねぇ、鍵かかってなかったから勝手にへえったら、食らい酔って寝てやがるン、暢気な野郎だぜ」

言われて思い出した。そうだった。先週、そんなことでもしたら土手焼の気分が盛り上がるかと、折鴨ちゃんの店にいって飲んだとき、たまたま店に出ていた折鴨ちゃんと、木曜日に飲もうという話になり、しかし、ダラダラ飲みたいから、お前の家で飲もう。酒、買って、肴も買っていくから。という話になったのだった。忘れていた。

折鴨ちゃん。大体が偏屈で、人付き合いの苦手な私だが、何年くらい前だろうか、散歩をしていて、よさそうな店だな、と思い、ぶらり入ったカフェのオーナー、折鴨ちゃんとだけはどういう訳か初対面のときからうまがあった。

なぜ、極度の人間嫌いで、向こうから人が歩いてきたら土を掘って穴にかくれるか、水に飛び込んで竹筒で息をしてやり過ごしたいような、人が多く集まるパーティー会場ではかどっこの窪みに壁に向かって立ち、絶対に誰とも目が合わぬようにして、呼吸もなるべくしないようにしているため、ときどき気絶して救急車で運ばれているような自分が、折鴨ちゃんとだけは交際できるのか。

それは折鴨ちゃんが万事に鷹揚な人間だからかもしれない。

どういうことかというと折鴨ちゃんはカフェを経営しているが、それ以外にも、あちこちにビルや土地を持っていて、そこからあがる収益によって、きわめて余裕のある生活をしており、多くの人を悩ませる金の労苦から免れているということである。

こういう仁《じん》は交際して非常に楽、なぜならただただハッピーな馬鹿話ができるからであり、また、情緒が安定しており、無闇に泣き狂ったり、国家を論じて悲憤慷慨したりしないからで、どちらかというと発狂しやすい私なンどは、こういう人がかえって気楽でよいのである。

私が内心でそんなことを思っているのを知っているのだろうか、知らないのだろうか、折鴨ちゃんは続けて言った。

「後、おめぇ、いけねぇやな。鍋を火にかけっぱなしで寝ちまう奴があるか。たまたま俺がへえってきたからいいようなもんの、俺がへぇってこなかったら火事になってたところだぜ、まったくよ。あら、いったいなんだな」

あれは大坂の土手焼という食べ物で……、と言おうと思ったが言えなかった。いくら相手が折鴨ちゃんでも、いやさ、折鴨ちゃんだからこそ、私の魂の葛藤と挫滅を告白するわけにはいかない。そんな鬱陶しい話をするわけにはいかんのだ。石破茂だ。私は小さな嘘を言った。

「いやね、君との約束は覚えていたよ。覚えていたからこそのあの鍋さ。あれは今流行のコラーゲン料理ってやつでね。ほら、君、先週、最近、肌に潤いがないって言ってたぢゃないか。え？　言ってない？　うそお、言ってたよ。言ってた。だから僕は君のためにコラーゲン料理を拵えてたって訳さ。ところが君、ちょっと味見をしすぎてね、味見しすぎると人間はおかしくなるんだね。ご多分に漏れず僕もおかしくなってね、ちょっと横になってたって訳さ」

「なにを訳のわからねぇことを言ってやがんでぇ。まあ、いいやな。じゃあ、俺もいろいろ買ってきた。あの鍋もこっち持ってきてさっそくいっぺぇやろうじゃねぇか」

「いや、ありゃだめだ。ちょっと味付けに失敗しちゃってね」

「いいってことよ。ちょっと味見をしたら確かに妙ちきりんな味だったんで、俺がいいあんべえに煮直しておいたから」

と自信たっぷりに折鴨ちゃんが言うのも無理はない。なぜなら、折鴨ちゃんの料理の腕前は玄人並みで、コックが休暇をとった際などオーナーながら自ら厨房に立つこともあり、はっきり言って、コックが作った料理より、折鴨ちゃんが作った料理の方が美味だからである。

とは言うもののこればかりは、この土手焼ばかりは、いくら折鴨ちゃんの腕がよくても無理だ。これは大坂の魂を共有するものにしかできない料理である。私は折鴨ちゃんの親切に感謝しながらも内心ではそう思って、「マジすか。じゃあ、始めましょう」と言って起き上がり、キッチンに行って、あっと驚いた。方形の鉄板があるはずのガスレンジに、円形のアルミ鍋が鎮座坐《ましま》していたからである。

「こ、これは……」

と、立ち尽くす私に折鴨ちゃんが涼しい声で言った。

「肉が柔らかくなって串がみんな抜けちまったんで、鍋に移して煮直しといた。なかなか乙なもんだぜ。鍋ごと持ってきねぇな」

六

　小説家なんてものはいい加減な連中で、十分にものを考えないで、刎頸《ふんけい》の友、なんて書くが、もちろんそんなこと、すなわち、こいつにだったら頸《くび》を刎《は》ねられても後悔しない、とお互いに思い合うような友、ということが現実にあるわけがなく、私と折鴨ちゃんは間違いなく友だが、もちろんそこまでの友ではない。

　いくら折鴨ちゃんと雖も、いきなり頸を刎ねてきたら、そりゃあ、怒るというか、なんていうんだろう、やっぱ怖いっていうか、はっきり言って、気がちがった、と思うと思う。

　なので刎頸の友ではないが、一応は友である。なので、普通であれば、いくら失敗作とはいえ、自分が丹精した土手焼を勝手にいじくられたら怒るだろうが、折鴨ちゃんのことなので、たいして腹も立たなかった。

　いわば、土手焼いじくりの友、である。

　しかし、そこには折鴨ちゃんを、しょせんは関東戎夷、と、見下すような眼差しが私のなかにあるのもまた事実である。

折鴨ちゃんは土手焼を串から外し、また、これを円形の鍋に移した。かかることができるのは、もちろん本場・本式の土手焼を知らぬからであって、知っておれば、けっしてこんなことはできない。

だから私は、それを見て、「ほほ、無邪気な」と笑うことができる。

こうしたことをする意識のなかに、なにかこう私に対する、或いは、大坂の魂に対する、対抗的で挑戦的な、「なにが、大坂の魂だ。なにが、土手焼だ。所詮は、牛すじの味噌煮込みじゃないか。そんなものはこうやればいいんだよ、ほうらほらほらほら、円形の鍋にいれてやる。ほうらほらほらほら、蒟蒻や大根や葱も入れてやる。七色唐辛子もいれてやる。どうだ、口惜しいだろう」といった意識があれば、こっちだって腹を立てて、「生醬油をがぶ飲みしているような東《あずま》戎《えびす》になにがわかる。いっぺん、どたまかち割ったろか、アホンダラ」くらいのことは言うに違いない。

しかし、いまも言うように折鴨ちゃんにはそんな意識は微塵もない。

子供のように無邪気な気持ちで味見をし、円形の鍋に移して、私も一緒においしく食べられるように、と心から願って味付けをし直したのだ。

それを、そんな無垢な心の持ち主を無知な関東戎夷だからという理由で責めることができるだろうか。僕にはできぬ。

できるとしたらそいつは人種差別主義者だろう。

しかも、彼は彼なりに考えて、僕のやろうとしていたことを重視して、葱も蒟蒻も入れていない。

仮に無垢な心からしたことであっても、一般の関東戎夷なら当然ここに、葱や蒟蒻や大根、甚だしきにいたっては焼豆腐やなんかも混入しただろう。

それが関東戎夷の自然な感覚であり、がために私は居酒屋等で塗炭の苦しみを味わってきたのだ。

しかるに折鴨ちゃんはどうだ。

そんなものはひとつも入れていない。ちょいと冷蔵庫を開ければそれらが入っているのにもかかわらず、だ。

これを見て私はこの世には、神のごとき無知、というものがあることを知り、これを一篇の小説にしたらどうだろうか、ということまで考えた。

主人公は露西亜の農奴・ヘゲマ。その他の登場人物は、ヘゲマの主人、義助。その美しい妻、ヘレン。隣に住む意地悪な百姓、茂兵衛。茂兵衛の農奴・マルスケ。地主の丸下さん、代官の竹垣五郎十郎祐成。その他、村人。都の役人。

ヘゲマは無知ゆえに数々のミスをする。そのたびに義助は大損をしたり、茂兵衛に露骨に馬鹿にされたりする。そこで、義助はヘゲマを奴隷市場で売却しようとするのだけれども、村のみんなはヘゲマが無知で失敗ばかりしていることを知っているので、ちっとも売れない。そこで、苛立った義助はいつもヘゲマにつらく当たり、ときには鞭で打つこともあった。そんな様子を見て、優しい心の持ち主である、ヘレンは心を痛め、ときには涙を流して神に祈ることもあった。

そんなある日、竹垣祐成が地主に村芝居をやるように命じた。自分が見るためではなかった。実は、都から偉い役人が巡察に来ることになり、その役人がことに芝居好きだというので、村芝居を催して、その役人を饗応しよう、ということになったのである。それは、竹垣、村人一同、共通の利益、すなわち、竹垣にあっては、これを催し、巡察使の歓心を蒙ることによって、自らの地位の安泰とさらなる出世、村人にあっては進上すべき税の減免、という利益があった。

そんなことで、村人たちは竹垣と共同して、日々、芝居の稽古に精出し、いよいよ、都の役人がやってくる、その当日を迎えたのだが、ヘゲマが善意によって救った子犬が原因で芝居が上演できなくなってしまう。代官は激怒、これを殺せと命じ、村人たちはヘゲマをとらえて押し籠める。ところが。宴席についた、都の役人はきわめて上機嫌で代官はその地位を保障せられ、貢納も減免せられた。結果、村人の負担も減り、みんなが喜んだ。なぜそんなことになったのだろうか。

それは、都の役人は実は、極度の芝居嫌いだったのだが、なぜか、今度の巡察使は芝居好き、という誤った情報が流布してしまったため、行く先々で下手な田舎芝居を見せられ、はっきり云って死にたいような気分になっていたのだが、ようやっとこの村で芝居を見ずに愉快な一夜を過ごすことができたからであった。それというのも、ヘゲマの神のごとき無知のおかげ、というので村人たちはヘゲマに感謝し、義助もこれまでのようにヘゲマにつらく当たることもなくなって、ヘゲマは農奴ながらたのしく愉快な生活を送ることができるようになった。茂兵衛は馬から落ちて死んだ。

みたいな小説である。これを書いて、もしかして大ヒットして、二十八ヶ国語に翻訳され、全世界で七百万部かそれくらいでいいから売れて、ノーベル文学賞かなんかを受けることができたら私は、適当な土手焼店を買収して、まず手始めに分倍河原《ぶばいがわら》あたりに出店して、その後、関東一円にチェーン展開、無知な関東戎夷にほんとうの土手焼の味を教えてあげるのになあ。

なんてことを私は、折鴨ちゃんが調味した土手焼を見て思っていた。

こういうことも世間は、上から目線、とか言って批判するのだろうか。しかし、そう思う人は、上から目線、という言い方と、空気、という言い方によって、この国の精神がどれほど貧しいものになっているかを改めて考えてみるとよいだろう。

そう思いながら、私は傍らにあった玉杓子をとり、どれどれ、どんなことになっているのだろうな、と、まるで都から来た巡察使が田舎の実情を見聞するような意識で、これを手塩皿にとって、ちょいっと、食してみた。俗に言う、味見、というやつである。

肉はほろほろになっていた。色は真白であった。

はっはーん。醬油やなんかをいれなかったのは関東戎夷にしては感心なことだ。

そう思いつつまずは汁を舐め、そして、あやや？　と思った。そして、こんだ、すじ肉を箸ではそんでこれを口に入れた。

頭の中に千手観音が千も二千も現れて踊りまくった。その間を無数のミラーボールが砲弾のように飛び交った。相撲取りとチアガールも輪になって踊っていた。肉をくわえた柴犬が空中を走っていた。巨大な落日が、それらすべてを真っ赤に染めていた。増幅された波の音が、耳がつぶれるくらいの大音響で鳴り響き、その合間から僧六千万人による読経が聞こえていた。

ありうべきことではなかった。

純然たる関東戎夷の折鴨ちゃん。その折鴨ちゃんが調味した土手焼はあろうことかうまかった。

そして、それはただうまいだけではなかった。

なんということであろうか、それは私がかつて大坂で食べた、魂の土手焼、と寸分違わぬ味付けであった。口に含めば、私の魂のふるさと、大坂の、そこかしこの、あの風景、この風景が、その場所場所の匂いや、ふと通りかかった人の表情や、光線のきらめき、雨の湿り気、頬をなでた風、などをも伴って、脳裏に鮮やかに蘇った。

私は、二、三歩よろめいた。そして、呻《うめ》いた。そらそうだ。純然たる関東戎夷の折鴨ちゃんにその味が出せるのであれば、これまでの私の苦闘はいったいなんだったのか。まったく意味がなかったということになる。

そして次に私が思ったのは、なにかの間違いではないか、ということである。

私は疲れすぎている。そして魂が傷ついてもいる。がために正常な判断能力を失っている。そうだ、そうに違いない。そう思った私は気を取り直して、もう一度、味見をした。

頭の中で福禄寿と弁天の夫婦漫才が始まった。千手観音も相変わらず踊っていた。波の音と読経もやまず、ジミヘンまで現れた。

訳がわからず立ち尽くしていると後ろから折鴨ちゃんの声がした。

「おめぇが上方者だから上方風にこさえたんだ。どうでぇ、うめぇだろ。さ、向こうでいっぺぇやろうじゃねぇか。お、おめぇ泣いてんのか」

「いやそんなことはない。いま、トンガラシを食べたんや。そやな、食べよ、食べよ」

私は涙を拭いことさらの大坂弁で言った。

そのとき私は、私の魂なぞもはやどこにもないことを悟っていた。そして、明日の朝、お弁当を持って利根川の土手に参り、利根の川風袂に入れて、板東の景色を眺めよう。そして、望景詩を作って死のう。と、そう思っていた。霞む頭で思っていた。同時に、ならば、今夜は、さあ、楽しもう。痺れるまで酔おう。とも思っていた。とも。

七

前の戦の後、あまり言わなくなったが、その前は大和魂ということが随分と言われたらしい。それは日本人だったらだれでも持っている魂で、大体のことは大和魂で乗り切れる、と信じられていた。それほどに大和魂というものは尊いものと思われていた。

けれども戦争に負けたのは大和魂だけでは乗り越えられない部分があったからで、大和魂というものはいざというとき、あまり役に立たなかった。

文豪・夏目漱石は、『吾輩は猫である』という小説に、「三角なものが大和魂か。四角のものが大和魂か。大和魂は名前の示すごとく魂である。魂であるから常にふらふらしている」「誰も口にせぬ者はないが、誰も見たものはない。誰も聞いた事はあるが、誰も遇った者がない。大和魂はそれ天狗の類か」と、書いている。

それは大和魂に限らず、魂などというものは、大抵がそんなもので、各人の都合のよいようにでっち上げられたものに違いなかろう。音楽ライターが混乱した文意をまとめるため、「とにかく彼らのロックスピリットはホンモノだった」などと書く。各種スポーツを中継放送するアナウンサーが、サムライスピリットなどと絶叫する。職人魂。報道魂。企業魂。学者魂。ラーメン魂、役者魂。商人魂、スキューバダイビング魂、サーファー魂、うどん屋魂、芸人魂、貧民魂、保険屋魂、偏屈魂、デリヘル魂、牛丼魂、左翼魂、ボンジョビ魂、メンヘラ魂、派遣魂、IT魂、出歯亀魂、シャブ中魂、詐欺師魂、魂はどんなものにも附着して、そのものの存在しない実質として、そのものの外側を飾り立てる、実に便利なシロモノである。一時、なんやらの品格、という題の本がむやみに出たことがあったが、この品格というのは魂の亜流であろう。所詮、魂というのはそんな程度のものだよ。

という話を、大坂には一度も行ったことがない、したがって大坂の土手焼を一度も食べたことがない折鴨ちゃんの作った、というか正確に言うならば、私の失敗したものを煮直した、供しかたこそ違ってはいるが、見た目も味も、完全完璧に大坂のオリジナル品と同一の、それはそれはおいしい、土手焼を食べ、そこそこおいしいお酒を飲みながら、折鴨ちゃんはした。

私は蓋《けだ》しその通りだ、と思いながらニコニコ笑って聞いていた。

そして私は内心で、だから。と思っていた。

だから、本来の魂、自分の本然の魂、なんてなのはねぇ、言葉として最初からおかしいんだよ、矛盾してるんだよ。と思っていたのである。

だいたいが、その本来の自分というのがそもそも怪しい存在で、その怪しい存在の、存在しないが故に、その本質であると言いはれる本質、みたいなもの、すなわち魂、なんて二重にあり得ない。

そんなものを追い求めてなにになるというのだ。なににもならない。私にはそれがわかった。

そしてそれは折鴨ちゃんのお蔭、だと私は思ってついにはゲラゲラ笑っていた。

ゲラゲラ笑い、何度も何度も前後の脈絡なく、「折鴨ちゃん、ありがとう。ありがとう」と、繰り返し言い、折鴨ちゃんもゲラゲラ笑って、「いいってことよ」と、その都度、言ってくれた。

そして、折鴨ちゃんが帰っていった次の日、つまりいま現在も、そのゲラゲラ笑う感じは続いている。が、寝床の上でゲラゲラ笑わず、むしろ渋面を作っているのは、激烈な宿酔の状態であるからである。

なぜ激烈な宿酔になったのか。それは、折鴨ちゃんと話して、楽しい感じではない、楽しい感じではないが、いまも言ったように、ゲラゲラ笑う感じになったため、いろんな酒を混ぜ合わせて飲んだためである。いろんなものが自分のなかで混ぜ合わさって毒素となって溜まり、頭痛、嘔吐感、突き上げ感、膨満感、むかつき、脱力感、無力感、虚無感、倦怠感を感じているのである。

そして、それこそが、自分のいまの状態だなあ、と思う。

どういうことかというと、魂＝酒、ということで、つまり、酒というのは、別におもしろくもおかしくもない人間が、これを飲用することによって、無理矢理におもしろおかしくなるムリヤリ薬、のようなものであり、また、魂というのは、別になんらの由来も根拠もなく漠然と生きている人間が、これが自分の内部にあると思い込むことによって、自分が一廉《ひとかど》の人間であるかのような気持ちになれる、一種のインチキで、酒と魂はほぼ同じものである。

というと、酒を飲んだり、魂を持ったりしない方が、よいようなものであるが、あながちそうでもないのは、さしたる才能にも恵まれず、また、これといった財産も持たない人間は、この世はあまりにも過酷で辛すぎ、酒を飲んで無理にでもおもしろくなったり、ありもしない魂をあることにして自分を鼓舞したり、他人に見せびらかしたりしないと生きていけないからである。

まあ、そのありようが滑稽でゲラゲラ笑う感じに自分はたまたまなってしまったが、多くはそんなものだと思える。

しかし、その場合、注意しなければならないのは、酒の場合はいろんな酒を一時に飲用（業界ではこれをチャンポンという）しないこと。魂の場合は、都合よくいろんな魂を自分に持たないこと。である。

いろんな酒を一時に飲用、すなわち、チャンポンするとどうなるか。これについては誰もが知っている、自分のごとくに宿酔になるのである。

では、都合よくいろんな魂を持つ、すなわち、そのときどきで、いろんな魂を持ち、自分を粉飾しようとするとどうなるのか。

はははは。いうまでもなく、自分のように宿酔で布団の上に座り、なすすべもなく、ゲラゲラ笑うしかない状態に陥るのである。しかも宿酔状態だから、実際には笑えない。いや、笑ったところでなになろう、その、ゲラゲラ笑いは、悲しみの大河から立ち上る雲のようなものである。だから、酒を飲んだり、魂を持ったりするときは、適量を心がけなければならない。なーんてね。それができなかった人間が言うのだから説得力がまるでない。

というのは別に構わない。他の人は大抵が私より賢い。だから、まあ、一個か二個の魂を持ち、適当に取り出したり、しまったりしてうまくやっている。魂を前面に押し出すと失敗するということをよく知っているのだ。魂とはそういうものだ、ということを。

ところが私はそれを知らなかった。多分、魂のどこかに、取扱説明書のようなものがあって、そうした注意書きがあるのだろうが、私はそれを見落としていたのだ。

或いは、みながしょせんはそんなもの、と思っている魂を真剣に考えすぎたのかもしれない。こんなに真剣に考えなければ、その都度、適当な魂を選び、その前の魂は、自然消滅というか、消えるに任せて放置していたのかも知れない。

昨シーズンは中日ファン、今年は楽天ファン。来シーズン？　それはまだわからないよ。みたいに魂をホイホイ、チェンジしていけばこんなことにならなかったのか。それをしないからチャンポンになるのか。

そんなことで私は酒と魂で二重の宿酔状態に陥ってゲラゲラしていた。

というと、なにか私が非常に落ち込んでいる風に聞こえるが違った。逆だった。折鴨ちゃんによって、魂の無効性を知った私は、そんなものが本当にあると信じ、真剣にそれを回復しようとしていた自分のことを思うと、おかしくてならなかった。

はっきり言ってホンモノのバカである。バカが真剣になにかをやって失敗する様は、或る見方をすれば、悲しく哀れであるが、或る見方をすればこんなおもしろいものはない。

問題はそれが自分であるという点で、それは宿酔という形で自分にのしかかり、もうちょっと長期的に考えれば、死ぬまで人に笑われ、死ぬまで浮き世の苦労をするのだけれども、まあ、しかしそれは、程度こそ違え、一部の人をのぞいてたいていの人がする苦労であって、ならば、それを悲しんでメソメソして暮らすよりは、それを楽しんでゲラゲラ笑った方が、結句、得、「泣く間があったら笑わんかえ」というやつである。

しかし、注意しなければならないのは、そうは思っていても人間は、魂があることにしておいた方が何かと都合がよいので、ともすれば魂を自分に附着させてしまいがち、という点である。

毎日、毎日、他人のためにうどんを茹でるのはつらい。そこで、うどん屋魂、なるものをでっちあげて、これを乗り切ろうとする。

かく言う自分も、関東戎夷に成り果てたのならばいっそ、というので、わっちには関東戎夷魂があるのさ、などと嘯《うそぶ》いて、毎日のように関東煮を食べ、半端なすじ彫りを見せびらかしながら、法被《はっぴ》を着て、てやんでぇべらぼうめぇ、みたいなことを言うようにならないとは限らない。

つまり、無魂で生きる、というのはそれはそれで難しいことなのだろう。しかし、このゲラゲラ笑った状態を保持するためにはそれしか方法がない、そこで。

私はやはり、記憶の味、大坂の味を、魂の回復のために、ではなく、余計な魂を自分に附着させないための技術として、再現させていこうと思う。というのは、それをやることによって、ともすれば附着しがちな関東戎夷魂や、その他の魂が自分に附着するのを防止することができるからである。

「なにが関東戎夷魂だよ。ほら、おまえはこんな味も知っている半チクな上方者、人に嫌われる贅六《ぜえろく》なのだよ。しかもその魂も持っていないのだよ、おほほほ」って具合に。

また、一石二鳥なのは、そのことによって甘美な郷愁に浸ることもできる。泣き濡れて食い倒れの人形の真似をしたり、「六甲おろし」を絶唱しつつ、ベッドを橋、床を道頓堀に見立ててダイブする、なんてこともできる。それが無魂、魂を失った者のみに許されるゲラゲラ人生というものなのだ。

イカ焼

一

いい加減な魂の軛《くびき》から解放されて清々した。しかしこれでやっと人並みの郷愁に浸ることができる。いっぺん小学校の同窓会にでも行って、「俺なんか原宿でサル買っちゃってさ」など東京弁で吹かしてみんなに嫌われて悪酔いとかしてもっと嫌われようかな。

と、そう思ったがそれが無理な相談なのは、若い頃より、パンクロッカーの群れに身を投じ、各地を放浪流浪してきた私の元に同窓会の報せなど届くわけがないからである。

そして私が小学校の頃、住んでいたあたりは確か住吉区墨江中という町名であったが、それもその後、町名が変更になっているはずだが、その町名すら私は知らない。

おそらく人も町も随分と変わり果てたことだろう、私はもう何十年も生まれ育った町に戻ったことがない。

ならば久しぶりに戻って、魂に拘泥せず、確信犯的に甘美な郷愁に浸り、そこらのスナックとかに入りごみ、「実はぼかあ、このあたりの生まれなんだよ。いまは東京でＩＴ社長だけどね」とか言って、泣き濡れてご婦人と戯れようか。

というのも無理な相談なのは、行こうと思えば新幹線代がよく知らないが一万二千円かそれくらいかかる。そこから地下鉄に乗り、私鉄に乗ってそれが、いまどれくらいするのか知らないが、まあ五百円はかかるだろう。育ったあたりをぶらぶら見て回って郷愁に浸るのはただだが、スナックでの飲食代金が、私はスナックに行ったことが考えてみたらないのでよくわからないが八千円くらいはするのではないだろうか。

この時点で既に二万五百円。それからご婦人と戯れるにしろ戯れないにしろ、その日は泊まるだろうからホテル代というものがかかる。できれば清潔で快適でサービスも行き届き、内外装も洒落たところに泊まりたいが、上を見ればきりがないのでまあ、一万五千円くらいのところで手を打ったとして三万五千五百円。そこまではタクシーで行くだろうから三万八千五百円。

翌日は朝飯を食って四万円。ご婦人の分も払えば四万二千五百円。それから行った以上は帰らなくてはならないので、また一万二千円がかかって、五万四千五百円。駅で赤福餅を買えば五万五千三百円。買わなくても車中で弁当を買えばやはりそれくらいかかり、つまり、総額で五万六千円がとこ、かかるということになる。

五万六千円を稼ごうと思ったら少なくとも私の場合だと、三、四日は働かなくてはならない。その五万六千円をたかだか郷愁に浸るために遣うのかと思うと私は非常に嫌な気持ちになる。吐き気すらしてくる。それだったら、三、四日なにもしないでボンヤリしていたい、と思う。

なので私は育ったあたりに行けないし、おそらく死ぬまで行くことはないだろう。

と、思うとそれはそれで非常に寂しい気持ちになる。

いったいあのあたりはいまどんな風になっているのだろうか。

そんな思いがこみ上げてくる。

それで、そんなことをしても意味はないと知りながら、コンピュータの地図で、いまの町名がわからないので、一段上の住吉区という地名を検索してみた。

したところ、地図が出てきたのだが私が暮らしたあたりではないので、これを指でツイツイずらしたり、グイグイ拡大するなどするうちに、いきなり公園の写真が出てきて、私は、「こ、これは……」と思わず声に出していった。

見覚えのある遊具。施設。植栽。そう、それは私が子供の頃、友人たちと毎日のように遊んだ公園であった。私はその公園と道路を隔てて隣り合った公営住宅、いわゆるところの団地、に住んでいたのである。

その公園に行かぬ日はまずなかった。一週間前のこと、いや、一日前のことすら忘れているのに、四十年以上も前の日々のいろんなことが映像付きで頭の中に蘇った。

そして、パンクの群れに身を投じるまで暮らした、あの四階建ての団地を見たくて見たくてたまらなくなり、指で地図をツイツイ南にずらした。したところ。

ああなんたることであろうか。私が暮らした団地は建て替えられてしまっていた。というのはまあ無理もなく、おそらく団地が建てられ始めた初期も初期、昭和三十年代に建てられたであろうその団地がいまも建っているとしたら、築後六十年くらい経過しているということになり、建物は老朽化して地震に耐えられず、内部の設備や間取りも現在の生活には不適である。

けれども、ならば建て替えられる前にもう一度、見ておきたかった、と思うのは老いの未練であろう。

他の風景はどうなっているのだろうか。そう考えていろんな箇所をツイツイ動かして見てみた。よく遊びに行っていた友達の家、母親が行っていた美容院、毎日行った駄菓子屋、よく出前を取ったうどん屋、好きだったがまったく相手にして貰えなかった女の子の家。

その殆どが、建て替えられてマンションになっていたり、不動産屋になっていたり、シャッターが降りたまま朽ちていたり、取り壊されて更地になるなどしていた。

滄海《そうかい》変じて桑田《そうでん》となる。

小学生の頃よりそんな言葉を口にして教師に疎んぜられる、奇妙にひねくれた子供だったが、やはり子供は子供、その言葉を実感を持って理解するのに五十年を要した。

そんなことを思いながら、やらなければならない仕事があるのにもかかわらず、夢中になってツイツイ指を動かした、というか、いのかした。そして写真が切り替わって徐々に景色が現れるのと同じように、その景色にまつわる記憶が蘇った。

というのは、ところどころに変わらぬ風景が残存していたからである。

残っていたのは、まず、お寺や神社で、五十年前と変わらぬ門、築地《ついじ》、石碑などがそのまま残っていた。そして、その近くも街道に面して、ずっと塀が続く、地主の家、みたいな古くて大きな家。いまは営業しておらぬようだが荒物屋や私が初めてコニカのカメラを買ったカメラ屋の看板もそのまま残っていた。小学生の私はこのカメラ屋の店主にアナログフィルムの装着の仕方を教わったのだ。

カメラ屋は確か眼鏡屋も兼ねていて、私はここで初めて近眼鏡を拵えたのだ。そうだったそうだった。そして、そこここに友人たちの家があった。

私のツイツイはいつしか高校に通うのに毎日利用した私鉄の駅の方へ向かっていた。しかし、駅前というものは人通りが多く、ということは、利用価値も高いということで、その頃から店舗が立ち並んでいたが、その多くが、建て替えられて転業していた。

駅前周辺にも級友たちの家があった。しかし、やはり駅前なので、普通の民家ではなく、お商売をしている家が多く、慶森君の家はクリーニング店を営んでた。慶森君とは仲がよく、大量の衣服がぶら下がった店先を通って慶森君の部屋にあがって遊んだ。慶森君の部屋は屋根裏部屋だった。茶井さんの家はレストランで、江牟利さんの家は病院だった。

私は当初、これを江牟利さんの家はレストラン、という認識をしていた。なぜかというと、江牟利さんが肥った女の子だったからで、家がレストラン、ということは家に飯がなんぼうでもあるわけで、だからこれを食べて肥るのだ、と考えていたのである。

しかし、現実はそうではなく、江牟利さんの家は病院で、レストランは茶井さんの家だったのである。茶井さんは絵が上手な痩せた女の子だった。江牟利さんも茶井さんも美人で、男の子はみなこのふたりに憧れ、子供の感情を波立たせていた。

それらはいったいどうなっているのか。もしいまだにレストランがあるなら、おばはんになった茶井さんが切り盛りしているのであれば、ポークチャップかなにかを食べに行ってみようか。慶森君が店を継いでいるのであれば洗濯物と返しそびれた筒井康隆の文庫本が入ったボストンバッグをぶら下げて慶森君の家に行ってみようか。五万六千円を払って。

そう思ってツイツイ行ってみたがだめだった。それらは無慈悲にも、ビルディングになり、仕《し》舞屋《もたや》になってた。

あまり佇まいが変わっていない上りの駅舎を右に見て踏切を西から東に越えると、級友の栄井君一家が住み込むパチンコ屋が右手にあった。けれどもいまはどうだろう、整備された駅前広場と自転車置き場とマンションになっていた。

東京近郊とはまた違った、独特の寒々しい地方の景色があった。

或いはこの時が停まって行き止まりのようになった感じは、このツイツイ地図に特有のもので、この地図の写真においては日本国中、どこも寒々しいのだろうか。

私が小学生の頃、その自転車置き場のあるあたりにイカ焼屋があった。

私は級友の軽田君とそのイカ焼屋に入り、そして二度と入らなかった。

なぜ入らなかったのか。まずかったからか。違う。イカ焼は極度にうまかった。こんなものは何度も食べたいものだ。と、子供の私は思った。ではなぜ再び、入らなかったのか。

それは、次に行ったとき、その店がなくなっていたからである。爾来、ずっとイカ焼のことが気になっていた。しかし、時代はめぐる。やがて世はバブルに浮かれて、イカ焼なんてものを覚えているものはこの国に一人も居なくなり、そこで、いや、実はタコ焼の名声に押されてあまり知られてないのだがイカ焼というものがあってね、と説明しようとするのだけれども、私自身、一度、食べたきりで、感じ感触はいまだに鮮烈なのだが、具体的な説明ができないでいる。

あれを再現してみたい。あの記憶の味を。

そんな思いがゲラゲラとわき上がってきた。そしてふと窓から外を見れば新緑。やってみよかな。私は呟いて立ち上がった。

二

いい加減な魂の軛から解放され、無責任で甘ったるい郷愁に浸り、軽田君と入ったイカ焼屋のことを思い出した私は、この記憶の味を再現し、郷愁に浸って涙とか垂れ流してやろうか、いやさ、いっそのこともっとだらしなくなって小便とかも垂れ流してやろうか、と思って立ち上がり、そして、すぐに座った。

なぜかというと、立ち上がったからといってすぐにイカ焼を拵えられる訳ではなかったからで、記憶の彼方のイカ焼の味は茫漠として、具体的なレシピに結びつかなかった。

それはどんな味だっただろうか。なにか、粉くさいような味だった。そして、プリプリしたような、ぬめるような、片栗粉的な、ツルッとした食感があった。しかし表面上はソースの味、それもどろっとしたソースではなく、シャブシャブした、でもウスターソースとは明確に違った、甘いような辛いようなソースが塗布してあったような、そしてイカ焼という限りはイカが入っているはずなのだけれどもイカの味はあまりせず、それはひたすらにその特色ある粉とソースの味であったような。そんな味であったように思うが、やはり判然としない。

或いは、そのイカ焼屋の店舗はどんなだっただろうか。イカ焼屋は、廃材を組み立てて拵えたような、六畳かそれくらいの堀立小屋だった。

その堀立小屋はイカ焼屋が開業する前から駅前にあって、なにか店が入っていたはずだが、それは思い出せない。

その堀立小屋に、白衣を着たおじさんがいて、新聞紙くらいの大きさの二枚の鉄板でプレスするようにして、イカ焼を焼いていたように思う。

そのおじさんの感じもなんとなく覚えていて、痩せて背の高い、角刈りのおじさんだった。客商売らしい愛想のない、どちらかというと任侠系の感じのおじさんだった。かといって、崩れたようなところはなく、その大きな、二枚の鉄板を操作する様は、生真面目で、食品を扱っているというよりは、工作機械を扱っているようだった。

また、その手つきは不器用で、いちいち動作を確認しながら操作しているような感じだった。

そのときは、愛想のない、任侠系の、ちょっと怖いおじさん、と思ったが、いまから考えれば、きわめてまじめな人だったのではないか、と思う。

また、ルックスが任侠系なのも、当時は、いわゆるホワイトカラーでない中年男性は、みんな任侠系というか、それ以外にファッションの選択肢がなかったように思う。例えば、その頃の、阪神タイガースや南海ホークスや近鉄バファローズの職業野球の選手の私服姿は、多くが任侠系というか、任侠そのものであったように思う。

つまり、おじさんはいろんな事をやってきたのだろう。その果てに金融機関ではなく、親戚や親兄弟から開業資金を借り、堀立小屋を賃借し、プレス機のような鉄板を買って、背水の陣でイカ焼屋を始めたのだろう。通常そうした場合、妻が商売を手伝うはずだが、それらしき姿がなかったのは、或いは、いろんな事をやっているうちに離婚をしたのだろうか。或いは、あの歳まで独身だったのだろうか。

しかし兎に角、あのおじさんは白衣を着ていた。しかもかなり本格なコックの着るような白衣だった。そんなもの、前掛けかなにかをしていれば、店の人とわかるのだからそれでよいようなものだが、あのおじさんは、わざわざ、乏しい資金を割いて本格のコック服を買ってきたのだ。食べ物商売をする以上は白衣を着なければならない、と信じて。

あのおじさんはそういう男だった。

そして、同じような商売にタコ焼屋があった。いま現在、寿司店などにおいて、タコとイカの優劣は論じられることはなく、どちらもウニや中トロなどに比べて一段下のものとされているが、イカ焼とタコ焼を比べれば、当時もいまもタコ焼の方が圧倒的にメジャーで、人気・知名度ともに当時のセ・リーグとパ・リーグ以上の差があるように思う。

ならば寄らば大樹の陰で、人気のあり、安定的な集客が期待できるタコ焼屋にすればよかったのに、あの角刈りのおじさんは敢えてイカ焼屋をチョイスした。

なぜか。敢えて人のしないことをして、大きく儲けることを狙ったのだろうか。

私は違うと思う。あの人はそんなことのできる人間ではない。じゃあ、なぜイカ焼を選んだのか。それは、そういう人なのだ、としか、言いようがない。

つまり、マイナーなものとメジャーなものがふたつあれば、必ずマイナーな方を選んでしまうのだ。

そしてそれはいまも言ったように、大きく儲けようとしてではないし、ましてや、サブカル好きの兄ちゃんねぇちゃんのように、通ぶって敢えてマイナーなものを選んでいるのではなく、本能的にそちらを選んでしまうのだ。

だから例えば、あのおじさんが部屋を探していたとする。したところ、そんなことは現実にはあり得ないが、偶然と奇跡と勘違いと人為的ミスが重なって、六本木ヒルズのレジデンスと北区赤羽の木造アパートが一瞬だけ同額で貸し出されていたとする。

普通の人間であれば、どう考えてもレジデンスを選ぶだろう。ところが、どういう思考の果てか、余人には計り知れないが、彼は北区赤羽を選んでしまうのである。或いは、誰かが「なぜそんな損な選択をしたのだ」と問うたとしても、「わからない。気がつくとこちらを選んでいたのだ」と、答えるしかないのかも知れない。

あの時点で彼に女はないようだったが、結婚やなんかについてもそうで、原節子という人と泉ピン子という人に同時に告白された場合、どうしても泉ピン子を選んでしまうのである。

そんな彼が選んだのがイカ焼であり、そんな彼に選ばれたのがイカ焼である。

そして彼は店をたたんで退転し、タコ焼が全国に知られるようになったのに反してイカ焼は廃れ、いまやそれを知る人は少ないし、人々の口の端に上ることもない。

そんなイカ焼の味が忘れられず、自作して食そうなどと言っている私もまた、あの白衣のおじさんの同類項だ。ははは、いっそ、本格のコック服でも買ってきて着てみるか。そして誰もいない家の中で、「いらっしゃいませ」とか言って不気味に笑ってみようか。そんなことをしているときに限って宅配便が来て狂人だと思われる。それもまた楽しい人生の一環なのか。とまれ。

イカ焼のレシピを研究しなければならない。そのためには図書館かなにかに行って文献資料を探すのが一番なのだが、その前に一応、検索をしておくか。どのみちなにもヒットしないだろうし、僕は、なんでもこの検索で済まして、検索ですべてを知ったようなつもりになって得意顔、または、悟りすましたような顔をしている小僧を、森田検索君、と呼んで馬鹿にしているのだが、この場合はまあ仕方ないだろう。

そう考えて、コンピュータの検索小窓に、イカ焼、と打刻して実行の釦《ボタン》を押して、そして現れた文言の群をみて驚愕した。こんな驚くのだったらいっそ自分の顎を引きちぎってしまったらどうだろう、なんて思った。普通はそんな痛いことはけっして思わない。けれども思うくらい驚いた。なぜか。

イカ焼という言葉に対して百万ものヒットがあったのだ。

そう、イカ焼は廃ってなどおらなかった。それどころか、隆盛を極めていた。なんでも大坂ではイカ焼のチェーン店までできており、アマゾンドッコムは家庭用イカ焼器の広告を掲載していた。クックパッドにはイカ焼のレシピが二百以上も投稿されていた。百貨店が冷凍イカ焼を全国に向けて販売していた。

ああ、なんたることであろうか、大坂では小児、学生、労務者、主婦、文学者、漫才師、ボリビア人、評論家、小役人その他、あらゆる階層のあらゆる人が、男女年齢を問わず、イカ焼を賞味賞翫《がん》しているのだ。

いったいいつからこんなことになってしまったのだろうか。

少なくとも僕が大坂に居た、一九八〇年代前半、昭和五十七年頃には町にイカ焼の店など一軒もなく、あるのはタコ焼の店ばかりだった。

それがいまやかく興隆しているということは、やはりあのイカ焼の独特の食感を忘れられぬ人が居て、これをバブル崩壊後あたりに復興したということだろう。なんということだ。私がイカ焼に惹かれたのは、それが忘れられた食品だったからだ。ところが、イカ焼が興隆している。それはどんなことかというと、不遇の天才が書いた小説原稿を偶然に発見し、これが理解できるのは自分だけだろうと思いつつ、しかし、これが世に出ぬのは問題だと、知り合いの出版社の人に頼み込んで、少部数で出版して貰ったところ、全国民の狂熱的な支持を受けて大ベストセラーとなり、人気俳優が主演して映画化され、かつまた、ドラマ化され、かつまた、その名を冠したスナック菓子やラーメンが発売され、主人公のキャラクター商品が売れに売れ、その出版社は自社ビルを建て、不遇の天才は印税ががばがばで、豪邸を建築、ベンツやジャガーを複数台乗り回し、連載八本を抱える流行作家となる、みたいなことで、なんか違うんだよ、という感が否めない。

じゃあなにか。あの白衣のおじさんも、実はひっそりと退転していったのではなく、実は儲かって、あの堀立小屋からもっと小ぎれいな店舗に移り、そこで儲かって船場あたりの小さなビルを購入、バブル期に転売で大儲けをし、いまや関西イカ焼業界の大立者として睨みをきかしているのか。僕はそんなおっさんであってほしくなかった。夢がこわれました。

といってしかし、あのイカ焼をもう一度、食してみたい気持ちに変わりはない。ならば。この百貨店の全国通販というのを利用してみるか。しかし、私のような者がそんなことをしてよいのだろうか。と、心は千々に乱れる。チヂミでも焼くか。そんなことを思うほど私は混乱していた。

三

廃ったものと思っていたイカ焼が実は廃っておらず、隆盛を極めていた。

この事実によって私の心は千々に乱れたが、なぜ私はそのように動揺したのか。一晩経って考えてみれば、それはすなわち非常に恥ずかしい思いをして自尊心が傷ついたということだ、ということがわかる。

どういうことか。例えていうなら、困っているように見える人が居たので自分から近づいていって、「失礼だが、困っているようだね。ここに五百円ある。とりなさい」と言ったがモジモジして取らない。そこで、「心配には及ばない。これは私の心よりの善意だ。さあ、とりなさい。遠慮しないで、さあ」と言ったのにまだとらず、そこで初めて訝しく思って相手の顔をよく見たらソフトバンクの孫正義社長だった、みたいな、ことである。

けれどもまあ、間違ってしまったものは仕方がないし、それにいまの若い人は五十年前からいまにいたるまで、イカ焼がずっと隆盛を誇っていたように思うだろうが、私の経験上、四十年くらい前にいったん廃ったことは間違いがないし、それに隆盛など言って威張っているが、いまでもタコ焼に比べればぜんぜん大したことないっていうか、知らない人も多く、隆盛とか言いたいのであれば、タコ焼とは言わないが、好み焼とすら言わぬが、せめて文字焼くらいな知名度を得てからにして貰いたいと苦言を呈したくなる。

それに、もっと考えてみれば私はもう五十を過ぎた立派なおっさんだ。人間五十年、といった昔であれば死ぬ歳だ。そのおっさんが、まるで女学生のように、恥ずかしい思いをして心が乱れた、自尊心が傷ついて動揺した、なんていっているのはどうなのだろうか。

おっさんならばおっさんらしく、豪快に、「大富豪に五百円、恵んだろ、ゆうてもうたわ。日本広しと雖も、富豪に五百円やろ、ゆうたん儂《わし》くらいのもんやで。くはつはつはつはつはつはつ」と笑っていればよいし、それにもっというと、私は魂などというものは、まあ、人間の体内にあるのかも知れないが、あったとしても屁やクソと同程度の物質としか思っていない人間で、そんな私が、イカ焼が意外に盛り上がっていた、程度のことでいちいち動揺していられない。

という風な論理で私は乱れた魂を整理して、真っ直ぐに整った状態にしたうえで、さあ、記憶の味、郷愁の味、イカ焼を再現し、これを食することによって、その効果を十分知って自らの感情を刺激して涙を垂れ流して、いやさ、もっと感情を解放して、小便も垂れ流しながらオイオイ泣き、床を転げ回って、よい気分に浸ろうかな、と思うのだけれども、何度も言うように、私はイカ焼の作り方がわからない。

ならば、そんなことは笑止千万で、完全な自己申告なのだが、隆盛を極めていると誇っているイカ焼屋に出掛けていき、これを食してみればよいのだが、ははは、ここいらが自分で隆盛とか言っているやつの情けないところなのだが、自宅ぢかくにイカ焼屋がない。検索小窓で調べると、東京には数軒の店舗があるようだが、それもやはり商売である以上、多少は東戎《あずまえびす》どもの味覚に合うようにアレンジされて記憶の味とは違っている可能性が高く、わざわざ高銭を払って、出掛けていって、記憶と違うものを喰わされてはかなわない。

ならば。とりあえずは安直な通信販売というものを利用してみてはどうだろうか、と考えた。以前の、魂の復興・復活、みたいな愚劣きわまりない、女子供のメルヘンみたいなことを考えていた自分であれば、もちろんそれはあかぬ。そんな安直な手段を選んでいたのでは魂はいっかな回復しない。そこはやはり、自らの手でイカ焼を拵えてこそ、関東の汚辱にまみれた魂が立ち直るのだ、と考えて、文献資料を渉猟し、或いは、聖地・大坂に飛んで本場のイカ焼を賞味賞翫し、高銭を払って高価な業務用イカ焼器を買い調《ととの》えて、夏の最中、玉の汗を散らしながら馬鹿面でイカ焼に取り組んだだろう。

けれどもいまの私は、そうした魂のようなものは深く軽蔑しているというか、完全に馬鹿にしているので、それでイカ焼なるもののアウトラインをざっと摑むことができるのであれば、通信販売だってなんだって利用するし、昨日まで不倶戴天の敵だと思っていた奴とも平気で手を組むし、降魔《ごうま》や仏敵、サタン、ゴア様、ショッカーの人たちとだって笑って握手できるのである。

と、私がこんなことを言うと、なにを大袈裟なことを言っているのだ。ことによるとこいつはバカじゃないのか、という誤った観念にとらわれる人が出てくるかも知れないが、そうではなく、愚劣な魂の軛から解放されるということは、それくらいに自由になる、ということで、逆から言うと、魂の軛から逃れられないということは、さほどに雁字搦《がんじがら》めでなにもできない、ということで、そういう意味合いに於いても、人間は一刻も早く、いい加減な魂の軛から逃れた方がよい、と、老婆心ながら一言申し添えておく次第である。

さて、という訳で、私は百貨店の通信販売でイカ焼を註文した。私が利用したのは大坂では有名な阪神百貨店という大規模店の online ショップである。

私が大坂に居った頃よりある一流の百貨店舗で、いまは長年のライバルであった並び立つ、阪急百貨店とひとつのものとなっているそうである。話が戻って申し訳ないが、これも魂を捨てたからできたことだろう。それぞれが阪神魂、阪急魂のようなものを持ち、これにこだわる、というか、囚われていたらこんなことはできない。しかし、魂を捨てたからこそひとつのものとなり、ひとつの大きな塊となって坂を転がったり、ぶつかったりして、巨大な energy を生むことができる、すなわち、身も蓋もない言い方をすれば銭を儲けることができるのである。

さて、その online ショップには四種のイカ焼があった。しかし、その前に、数ある百貨店のなかで、なぜ阪神百貨店の online ショップだけがイカ焼の通信販売を扱っているかについて陳べると、なんでも、阪神百貨店の地下一階には、スナックパークという大坂ならではの食品物をその場で作製して商う、屋台集合空間のようになりてなりたるところがあり、そこでイカ焼は、「長蛇の列をなす」というのだから、まあ、現実的な表現に置き換えて言うと、五十米《メートル》くらいな列が常にできるほどの、人気を博していて、まあ、こういうことによってイカ焼興隆と言われるのだろうが、こんなに売れるのであれば、全国にはもっと潜在的な需要があるはずで、そこに訴求していけばさらに銭が儲かるのではないか、と考えて、このような online ショップを始めたのではないか、と、あくまでも仮説ではあるが、私は推測する。

で、その際、イカ焼がどのような状態で送られてくるかというと、なんでも冷凍状態で送られてくるという。どういうことかというと、既に調味・調理された状態のイカ焼が冷凍されて送られてくるということで、すなわち、消費者はこれを電子レンジで温める、大坂風の言い回しで言えば、ぬくめる、だけでこれを食することができるということで、はっきり言って簡便きわまりない。

と言うと、魂を重視する立場からこれを批判する討論を行うものが出てくるのは毎度のことである。また、これが強ち《あながち》魂のみの議論に終わらないのは、冷凍し、そして解凍するなれば、実際に、味が落ちるのではないか、という現実的な議論でもあるからである。

しかし、冷凍技術の進歩はこの問題をかなり解決していると言える。というのは、私は三か月ほど前、心がくさくさして、コンビニエンスストアーで、冷凍餃子、なるものを購入した。その際、昨今の世相に疎い私は、これを、冷凍とは言い条、フライパンに油を引いて焼かなければならぬものだと思い込んでいた。ところがいざ調味せんとして驚愕した。そのパッケージぶくろに、電子レンジにて加熱すべし、と書いてあったからである。

その時点で私はまだ魂の圧政下にいた。なので即座に、「おほほ。電子レンジで加熱する餃子なんてものはまずいに決まっている」と思った。と同時に、「そんな腐った餃子こそが俺にはお似合いだ。家に帰ればエプロンを着けた新妻が出迎えるような家庭を心の底から軽侮、唾棄すべきものとして、そんな事態から遠ざかってきた挙げ句、あまざかるひなの荒れ野でボンジリを手に持って困惑している俺に！」とも思った。

そして、態《わざ》と荒々しくぶくろを開き、「ははは、普通に袋と言えばよいものを態々《わざわざ》、ぶくろ、と濁り、そんなことこそが文學なのだ、と嘯いて世を呪う馬鹿にだけはなりたくなかった。でもなってしまった」と呟いて、指示通りの分数で加熱して食して、驚愕した。

なぜならそれがけっこう美味であったからである。爾来、私は加熱するだけの冷凍食品だからといって必ずしも不味であるわけではない、という知見を得て、考えてみればそんな小事の積み重ねが後の魂の軛からの脱却の一因となったのかも知れぬが、冷凍食品の簡便性・利便性を享受し、とりわけ、この冷凍餃子は、気に入りの一品として偏愛といってもいいすぎではないくらいに愛好し、朝昼晩とこれを食したものだ。

ところがある日、何気なく裏面を見ていると、何度となく目にしていたのにもかかわらず、それまで気がつかなかった、ある文字が目に飛び込んできた。すなわち、
原産国：中国、という文字である。

もちろん中国産だからといって毒が入っているわけではない。入っているわけではないし、身体に悪いという訳でもないのは、丙午《ひのえうま》の女が必ず火つけをする訳ではなく、五黄《ごおう》の寅《とら》の女子が必ず猛女である訳ではないのと同じだが、当の中国人が、君子危うきに近寄らず、とも言っている訳で、ことさら多食する必要もないと断じ、それからは冷凍餃子をきっぱり断っている。

なんてことはどうでもよいが、とにかくそういう訳で冷凍だからよくないというのは魂に囚われている頑迷な愚民の妄執にすぎない、ということを熟知している私は冷凍だからという理由で通信販売のイカ焼を拒まないのである。

さあ、そんなことで私は、阪神百貨店のonlineショップにて、「冷凍いか焼き　親子セット（小）」を誂えた。代銀は三千五百二十七円。送料は五百四十円。決済はクレジットカード決済。お届け日は選択できません、とのことだった。このイカ焼が果たして私になにをもたらすのか。なにをするのか。それはいまはまだわからない。まだわからないのである。

四

子供の頃はピンポンダッシュということをよくやった。見知らぬ他家の呼び鈴を押し、その家の人が出てくる前に脱兎のごとく駆け出して門前から逃走するのである。

いったいなんのためにそんなことをしたのかというと、それは純粋に愉快だったからで、他意はまったくなかった。当時の元服前の子供はみんなやっていたのではないだろうか。やっていなかったのは、相当に高位な、まるで皇族のような階層の生まれの、育ちの良い子供か覇気のない子供くらいのものだろう。

しかし、精神的な元服制度もなくなり、いいおっさんが子供向けのアニメや玩具に現を抜かすようになり、また、玄関モニターホンというものが普及して貧民の家にも装備されているような昨今、ピンポンダッシュはいよよ廃っていくだろう、と私は考えている。

しかし、私の家にはいまなお頻繁にピンポンダッシュが出現する。といって、やっているのは元服前の子供ではなく、また、当人はピンポンダッシュをやっているつもりもないようで、ピンポンをした後、ダッシュをしないでゆっくりと立ち去っていく。

なぜそんなことになるかと言うと、私の家が無駄に広いからで、誰かがピンポンと呼び鈴を鳴らしてから応接に出るまで普通の家の倍ほども時間がかかる。その間に来訪者は留守と判断して立ち去ってしまうのである。そしてその来訪者というのが集金人の場合は都合が良いのだが、配達人である場合は困る。なぜなら配達物が受け取れないからである。

そこでどうしたかというと、自分がダッシュした。つまり、ピンポンと鳴るや、玄関モニターホンの受話器めがけて全力で走っていく、いわば逆ピンポンダッシュをしたのである。

しかしこれは生命の危険を伴った。なんとなれば玄関モニターホンの受話器は一階の長い廊下の半ばにあるが、日中、私は二階にいることが多く、ということは猛スピードで階段を駆け下りねばならぬということで、寄る年波で運動能力も衰えつつある昨今、そんなことをするうちにいつかかならず足を滑らせて転倒し、重傷を負うか、下手をしたら死亡するかもしれないからである。

そこで私は逆ピンポンダッシュを啓蒙活動に切り替えた。

どういうことかというと、ダッシュはけっしてしないのだけども、配達人が留守と判断して行きかけるのにちょうど間に合う程度に急いで行って受話器を取る、すなわち、ここの家は広いので応接に出るまで時間がかかる、ということを配達人が自ら理解するようにしむけるような活動に切り替えたのである。

そしてその結果は、というと思わしくなかった。やはりダッシュをしないと間に合わない場合が多かったし、それよりなにより配達人がいつまで経っても理解してくれなかった。しかし、啓蒙活動などというものはそもそもが地道なもので結果が出始めるのは最低でも十年かそれくらい経ってからだろう、と気を長くして頑張っている。ただ、十年間、担当者が変わらないということはおそらくなく、賽の河原で石を積んでいるようなものだね。というか十年後、自分が生きているかどうかも怪しいものだしね、と電柱に話しかけ、「そんなこと言わないで頑張れよ」と電柱に慰められたりしているが、或いは幻聴だったのかもしれない。

という訳で半ば狂いながら啓蒙活動を頑張っているのだけれどもこの五日ほどは別でまた危険な逆ピンポンダッシュを始めていた。

というのは阪神百貨店 online ショップにて、「冷凍いか焼き　親子セット（小）」を誂えたからである。その際、断り書きに、お届け日は選択できません、とあった。なのでいつ来るかわからない。なので、ピンポン、と鳴る度にもの凄い速度で階段を駆け下りた。けれどもそれは、イカ焼ではなく、その他のくだらないどうでもよいもので、私は落胆、こんなことなら死の危険を冒して駆け下りなければよかった、とくよくよ思った。

しかし註文をして五日目、ついにイカ焼セットは来た。

ピンポンと鳴ったので、すはこそ、と、やりかけの仕事を抛擲《ほうてき》して玄関に殺到した。玄関モニターホンの受話器のところに行くよりその方が早かったからである。

カラカラと玄関戸を開けると、縞のユニホームを着た配達人が茶色の箱を持って立ち、「クールでーす」と言った。自分はクールな男だと言っているのではない。届いた荷物が冷凍品もしくは冷蔵品であると言っているのだ。私は茶色の箱に素早く目を走らせた。冷凍と書いたシールが貼ってあれば荷物はイカ焼だが、冷蔵と書いてあればそれはくだらないサクランボとかそんなものだ。

箱には、冷凍、と大書したシールが貼ってあった。私は思わず、「でかしたっ」と叫んだ。いつにない私の反応に配達人はまるで気が触れた人を見るような目で、見た。見た、見た、見たっ。と私は叫びながら受け取りに印鑑を押した。そのとき私は配達人の気持ちをなごませようとして、「これは閉運印鑑ですよ。この印鑑を使うと運が閉じるんですよ」と言った。配達人は逃げるように帰って行った。

それでよい。変に居座られても困る。私は箱を持ってキッチンに行き、思ったよりも小さいな、と思いつつ、中毒患者のような手つきでガムテープをはがした。したところ、桃色の四角な保冷バッグが出てきた。表面にコテを手にして苦しげな笑みを浮かべるイカの絵が描いてあった。自らの身体を焼いて人に食べさせ、人に喜んでもらえるのはうれしいが、自分の身体を焼くのは途轍もなく辛く苦しい、というイカの内面の葛藤を表現したような絵だった。

見なかったことにしてチャックを開けると、透明のビニール袋が三つ入っており、各々に大きなイカ焼が三枚、小さなイカ焼が三枚入っていた。つまり、この、「冷凍いか焼き　親子セット（小）」には、大きなイカ焼が九枚、小さなイカ焼が九枚、合計十八枚のイカ焼が入っていたのである。そしてそれらはすべて冷凍してあった。

この段階で、親子セット、という文言の意味が分かった。つまり、大きいのと小さいのがワンセットになっていることから、これを親子に見立てて親子セット、と名付けたのである。なんてウィットの効いたネーミングなのだろう、と私は感心し、それから、あっ、と声を上げた。ことによるとこれにはもうひとつの隠された意味があるのではないか、それは、これを親子で食べる、すなわち大人は大きなイカ焼を食べ、まだ御幼稚で、大人よりうんと少ない分量しか食べられないお子様だちは小さなイカ焼を食べる、すなわち、親子で仲良く食べられる、という意味が裏の意味として込められているのではないか、と思ったのである。

なんという意味深い、意義深い、ネーミングなのだろうか。しかもそれはイメージだけが先行した実体のないネーミングではなく、名実の相備わったネーミングなのである。そしてその底流にはイカの自己犠牲に裏打ちされた深い海のような愛があるのだろうか。もう私にはなにもわからなかった。

その一方で袋が三つに分かれているのはなぜか。

ひとつびとつを手に取って、すぐにその理由がわかった。親子セット（小）には、三種の冷凍イカ焼が入っており、その種類ごとに別にして袋詰めしてあったのである。なぜそれがわかったかというと、ビニール袋にはそれぞれ、いか／ちびいか。デラ／ちびデラ、和デラ／ちび和デラ、と記したシールが貼ってあったからである。そしてそのシールの脇には例のコテを持って苦悶しつつ笑うイカの絵が描き添えてあった！

ひとつびとつの内容は、その中のイカ焼のパッケージの裏面に記してある原材料などを細述した欄によって明らかになった。その一は、いか焼き、である。蓋し、もっともベーシックな基本のイカ焼である。その二は、デラバン、である。ネットの商品詳細ページには、デラ焼き、とあったと記憶するもので、卵入りイカ焼である。デラというのはデラックスの略であろうか。その際、バン、がなにを意味するのかがわからない。その三は、和風デラ、で、卵入り葱入りイカ焼で、卵入りに葱を加えたものなので、正式には和風デラバンと称すべきところ、語呂、語調を調えるため、バンを省略したものと思われる。

基本のものに新しいものをドシドシ付け加えていくことによって新しいイノベーションを生み出す。そういうことが私の知らない間にイカ焼の世界では行われていたようである。この先にはチーズイカ焼、キムチイカ焼、ホルモンイカ焼といった様々の変態したイカ焼が生まれる、というか、もう既に生まれているのかも知れない。多かれ少なかれ私たちは変態なのだ。生きながら分骨する、散骨する、そんな世界ももうすぐそこに迫っているのだろうか。

そして保冷バッグのなかには一枚の色刷りの紙が入っていた。すなわち、取扱説明書で、冷凍品である以上、当然、レンジで加熱して食べることになるが、その際の手順、注意点やコツのようなものが記してあった。

というとどこにでもあるような取扱説明書のように聞こえるが、この取扱説明書は極度に

unique であった。調理法を四齣《コマ》漫画で記してあるのである。どんなかというと、登場人物は二名、イカと年配の女性で、イカが年配の女性に冷凍イカ焼の調理法を尋ね、年配の女性がこれに答える、という問答の形式を取っている。そして、そのイカは例の苦悶しつつ笑うイカではなく、もっと無邪気なイカである。このイカの頬のところにはなぜか赤い髭が左右に一本ずつ伸びている。異様なのは年配の女性で、赤い三角巾をかぶり、きついパーマネントウェイブのかかった髪の毛は鮮紅色、紅も差しているのだが、どういう訳か鼻がない。或いは病を得て鼻が落ちてしまったのか、とも思うが鼻の穴すらないのである。また、一齣目でイカに話しかけられたこの女性はイカ焼プレス機を操作しつつ、手にコテを持っているのだが、その手には指がなく、手の先端部をコテに巻き付けるようにして保持している。また、女性の頬にはイカのそれとまったく違わない赤い髭がある。その他にも不審な点が多々あり、いちいち記すとキリがないので結論を申し上げると、この女性は人間に見せかけているが人間ではなく、イカと同じような海洋生物ではないか、と私は思う。という不気味な女性がイカに教える調理法とはいかなるものか。それは、蒸気吹出口がある方をうえにしてレンジにいれて、ぷしゅ、という音がしたら出来上がり、という単純なものであった。そして私はその教えるところに従ってイカ焼を調理して食した。その味はどんな味だったか。

五

それは間違いなく少年の頃の記憶の味であった。どんな感じかを具体的に申し上げると、そうした薄力粉を水で溶いて焼き固めた料理、最近の言い回しで私はこの語彙をあまり好まぬ、いやさむしろ憎んで撲滅したいと思っているのだが、いまのバヤイは仕方ない、断腸の思いで申さば、所謂、粉もの、以前、自ら作製して無慚なこととなり、死ぬしかないのかな、というところまで追い詰められた好み焼を筆頭に、タコ焼、文字焼などがあり、それぞれ個性というか、売りがあるようなことを言っているが、はっきり申し上げて、同じ、粉もの、という範疇に属しながら明確に一線を画しているように思え、イカ焼の立場からすると、それらはどれも同一線上にあるもののように思えてくる。

つまり、ひとりイカ焼のみが屹立している。そんな風に私には思えてならない。

どこがそんなに違うのか。まあ、それら同一線上にある者、或いは、それを支持する者の立場から言えば、「彼はイカ、我はタコ。そら違うわな」とか、「形状がまるで違うものな。ありゃ、どちらかというとクレープの仲間だよ」といったようなことを言うのかも知れない。

はっきり申し上げる。そういうことじゃないんだよ。事の本質はそこにはないんだよ。「じゃあ、どこにあるんだよ」ほほほほほ。わからぬ人だな。自ら、粉もの、などという下品な名乗りを敢えて名乗るのであれば、それくらいわかれ。本質は粉にある、というとわからぬか。粉を水で溶いて焼き固めたものの味にあるのであって、そうした具とか、形状とかにあるのではないっ。

つまり、具がタコであっても、形状が円であっても四角であっても、イカ焼はイカ焼であって、その他のものではないのである。

というとなにを宗教みたいなことを言っているのだ、と思う方もあるだろう。けれども私は神を語っているのではない。信仰を語っているのでもない。味について語っているにすぎない。でも、味というものの、ぎりぎりの肝要のところを語っている。

「じゃあ、その肝要とやらについて語ってみろよ」黙りなさい。粉もの。これから語るところだ。

「私は粉ものではありません。私には文字焼という名前がありますっ」

そのぎりぎりの肝要のところは、焼いた生地の、モチモチした、感触である。そう、イカ焼には、好み焼にもタコ焼にも、ましてや主に関東戎夷の食すところの文字焼などにはけっしてない固有の、モチモチした感触があるのである。

その一片を口中に投じた瞬間、ツルッ、とした、コーティングされたような感触を舌に感じる。そして次の瞬間、抵抗感とともにそれが弾け、その皮膜の裏側にある、ある意味、従属のような、別の意味では団結のような、そんなものが崩壊した抵抗感と渾然一体となって、口中にひろごりて嚥下《えんげ》されていく。その抵抗感と一体化した従属と団結、それがモチモチ感の正体であり、すなわち、ギリギリの肝要の部分である。

そして、それは実名を出して申し訳ないが、山崎パンあたりが主唱する、モチモチ感、などとはまったく違うもので、どこが違うかというと、そのモチモチ感は民衆に媚びたようなフワフワ感と一体化したものだが、イカ焼のモチモチ感は、むしろフワフワ感とはまったく逆のベクトルの、プリプリ感、と一体化しているという点が違うのである。

と言うと短絡的にものを考える人が一斉に押し寄せてきて、「あ、なるほど。ということはイカがそのプリプリの役割を担っている訳ですね」と言うかもしれない。それに、「はい」と答えれば静かな生活が保証されるのかも知れないが、私は神を恐れる。偽りを言うことはできない。違う。さっきから言うようにイカ焼にイカはあまり関係がない。そのプリプリ感もまた、あくまでも粉そのもの、焼いた生地そのものに存するものなのである。

と、そこまで言うと、なぜひとりイカ焼のみがそのような独自独特の地位を占めることができるのか。一線を画して屹立するのか、を知りたくなるのが人情というものだろう。私だってそう思う。しかしそれについて考える前にもうひとつだけ、イカ焼をイカ焼たらしめる、他の、粉もの、にはない特色を申し上げなければならない。

それは端的に言ってソースである。

好み焼にもタコ焼にもソースは付き物で、最近では関東のスーパーマーケット（いま思い出したが、おおざかのおっさんやおばはんはこれをスーパーと呼ぶ）でも、オタフクソースやブルドックソースが、お好み焼ソース、焼そばソースなどと称し、専用ソースを売り出しているが、はっきり申し上げてあんなものとは根底から違っていた。

どこが違うのか。それはもうはっきり申し上げて、酸っぱ味、である。酸っぱ味と言って酸味と言わぬのは、それが酸味ではないからで、じゃあなんなのかというと、酸っぱ味としか言いようがないのだが、しかし、それですべてを表現しているという訳ではないのは、それはけっして酸っぱい味ではなく、どこまでいってもソースの味であるからである。それではわからない。という人のためにさらに説明をすると、それは中濃ソースに醸造酢を混入したような味である。といってじゃあ実際に中濃ソースに醸造酢を混入するとその味になるかというと、けっしてならず、それはあくまでも文学的な表現に過ぎない。というか、あまりに複雑精妙なその味が人を文学に追い込むのである。

漫画ならば簡単だ。「こっ、これはっ」とか言って怖そうな人が驚いている絵を描けばよいのだからね。しかし、実際にイカ焼のソースを賞味・賞翫した人にとってそれは、アッピャッピャッピャッ、とっても大好き銅鑼右衛門、レベルの欺瞞であろう。

だったら私はそれが文学と呼ばれようが呼ばれまいが、自らの言語、言論の解像度を上げていくより他ない。「言語にとって美とはなにか」そんな難しいことは私にはわからない、と言うことはできる。でも魂のない私は、「言語にとってイカ焼に付属するソースとはなにか」を避けて通ることはできない。

なのでさらに言うと、それは、中濃ソースに醸造酢を混ぜた感じ、ということになるのだろうか。

近い。頭頂にドリルで小孔を開鑿《かいさく》し、注射器かなにかで酢を注入するとき、人はこのような感触を得るのかもしれない。しかし、証拠がない。もちろん、今度、折鴨ちゃんか誰かが家に来たときには実地に試してみるが、それとて、本人ではないので実際の感じはわからない。

なので別の言い方をすると、開墾地で美人がシャブを嗜んでいる感じ。コンクリートジャングルでツルゲーネフがタフマンを呑んでいる感じ。大統領がペシャワールでトクホンを貼っている感じ。といったような感じなのだけれども、言葉が足りぬ、足りぬ。

というくらいに玄妙なソース。それがイカ焼を屹立せしむる重要な要素なのである。

したがって生地に右に申したとおりの、モチモチ感、があっても、ソースがそこいらで売っているようなありふれた中濃ソースなれば、それはイカ焼とは言えず、イカ焼もどき、に過ぎない。あはは。あほほ。私はこのonlineショップのイカ焼に、ソース無し、ラインアップがあるのが理解できない。なぜなら、イカ焼は、この玄妙なるソースがあって初めてイカ焼といえるのであって、これを別に売るというのは、まったくもって片手落ち、タコ焼のタコ別売りに均しいからである。或いは大坂表ではSMなどでごく当たり前にイカ焼ソースを売っているのだろうか。しかしonlineショップを利用するのは上方者ではなく戎夷だちなのである。そのあたりの戦略性について東洋経済あたりはもっと論じるべきなのではないだろうか。とまれ。

イカ焼はその生地のモチモチ感及び玄妙なソースによって他の、粉もの、とは一線を画して屹立している訳であるが、それらはどのようにして作られるのであろうか。わからない。わからないけれども、生地に関しては私はある程度の推論はできる。

というのは少年の頃に目撃した二枚の巨大な鉄板である。白衣角刈りの店主はあの二枚の巨大な鉄板を操作してプレスするようにしてイカ焼を製作していた。

それに引き比べてタコ焼や好み焼、文字焼などはどうだろうか。プレスなんてしやぁしない、ただ、地火で焼くばかりである。ということは、その違った点にこそ、その奥義あるべし、と考えるのはあながち間違いではあるまい。

では、なぜプレスするとモチモチ感が生じるのか。これも推測だが、そうして高熱の鉄板で押しつけられることによって、表面のみが瞬間的に硬化し、内部の水分が行き場を失い、ゲル状の粉を伴って高速移動することによって、餅搗《つ》き、を行ったのと同じ効果を生じせしめる、ある種の、封じ込め効果による餅搗き効果、のようなことがイカ焼の内部で起こっているのではないだろうか。

つまり、巨大な鉄板で上下からプレスする。これが独自のモチモチ感の源泉であるということで、私はこのきわめて単純なことがしかしきわめて精妙な結果を生み出す、ということに感動を覚える。

というのは、例えばいま食品メーカーがモチモチ感のある粉ものを開発するとしたらどうするだろうか。まず、着目するのは生地であろう。粉の種類を吟味、数種を選び、もっともモチモチする配合になるまで試験を繰り返すだろう。また、モチモチさせるためのデバイスというかキックというか、そうした効果の上がる材料も何十種類と混入するだろう。つまり、いろんなものを足していき、加えていってモチモチ感を出す、ということだ。ところがイカ焼においてはそんなことはなくて、生地そのものは他の好み焼やなんかと大して変わらない。ただ、これを巨大な二枚の鉄板で上下からプレス焼きにする。それだけのことだ。私はパンクとは本来こういうことを言うのではないか、と思う。いやさ、パンクというのはむしろイカ焼を矮小化《わいしょう》している。なんといえばよいのであろうか。それは革命ではない。維新でもない。もちろん自由や平等でもない。愛などという眠たいものでもない。

その巨大な二枚の鉄板は。そう。宇宙そのもの、神そのもの。いわば大日如来のようなものなのだろう。とまれ。

私は夢中でイカ焼を食べた。そのとき私の頭の中には、なにかゴミのようなものが高速で舞っていた。音楽は荒涼としたノイズ音楽だった。私はイカ焼を食べながら横目で取扱説明書を見ていた。四齣漫画の四齣目で、できあがったイカ焼を食べようとしたイカが、「あっつ～」と泣き叫んでいた。私は内心でイカに語りかけていた。

「おまえは喰うつもりで喰われているのではないか」と。

さて、イカは私になんというのだろうか。イカの夢、私の夢。いずれも見果てぬ夢で。

六

喰うつもりで喰われているつもりで喰う。そんなことを思いながら私は三種のイカ焼を次々と食べた。いか焼き、デラバン、和デラ、である。いずれも、曰く言いがたいモチモチ感とコーティングされた感じ、そして独特のソースの味に彩られた屹立する、他の何者でもない、イカ焼の味であった。

けれども。なにかそぐわない感じ、どこか違う感じ、があって、それはいか焼き↓デラバン↓和デラという順番で増大し、和デラを食べ終わった時点で、これは根本においては同じものだが、本来のイカ焼とはやや違った食べものではないか、とさえ、思うようになっていた。

というのは、冷凍だから、とか、やはり本場大坂の町の匂いや空気感を感じつつ食べて初めてイカ焼なのだ、といったような、腐った市民メルヘンではなく、もっと根源的なことで、それは、私の記憶の中のイカ焼はもっとモチモチしていたし、もっとコーティング感があったし、もっと頭を殴り回されるようなヘヴィなソースであったような気がしてならぬのだ。

というと単に記憶を美化、理想化しているだけのように聞こえるがそうではなく、私はその原因、すなわち、いか焼き、デラバン、和デラ、がその境地に至らぬ原因を具体的に指摘することができる、それは。

具が多すぎるのではないか、ということで、イカ焼の本然とは、右にも申したとおり、粉のモチモチ感とコーティング感とソースの独自性にある。もちろん、そこにイカの香りが混入されていなければ、それはイカ焼ではなく、そこに豚といったケダモノの類が入っていたり、シナモンが振りかけてあるなどということはけっしてあってはならない。

しかし、である。私は味と香りは別のものである、と思う。つまり、イカ焼というものは、イカ、という名前は付いているが、味としては、特殊な製法で焼かれたる、いやさ、焼き固められたる粉の味であり、これまた、特殊な製法で拵えられたるソースの味であるべきであって、けっしてイカの味であってはならないと思うのである。

しかるに、このイカ焼はイカの味が強く、肝要部分・枢要部分の粉の味を圧殺しているように私には思えてならぬのである。

そのことは、その圧殺している感じが、卵を混入してあるデラバン、デラバンにさらに葱を混入した和デラ、と要素が増すにつれて高まっていくことからも証明される。

じゃあ、どうすればよいのだろうか。不純物を極力取り除き、純粋な、本物のイカ焼を目指せばよいのだろうか。

ばかなことを言うな！　と私は思う。そんなものは、純粋な魂、がこの世のどこかにあると信じている小児の議論である。その議論に則って、葱を取り除き、卵を取り除き、イカも十、入れていたのを一に減らして、これこそが純粋なイカ焼でございい、と言って売り出して、そんな渋いものを、贅沢に慣れ、生活がよくなった分、精神が荒廃、文化水準も低まりきったいまの怯懦《きようだ》な人間がこれを買うだろうか。買うわけがない。それこそ、そんな粉くさいものを食べるくらいだったら、もっとわかりやすいハーゲンダッツとか一平ちゃんとかキャラメルマキアート、もっと言うとチーズバーガーとかスルメといったものを食べるだろう。

或いは、それは一体いくらで売れればよいのだろうか。私が五十年前、軽田君と食べたイカ焼は十円だった。いまだったら百円くらいになるのだろうか。百円のものを一体どれだけ売ったら経営が成り立つのか。おそらくは無理だろう。そこはやはり付加価値を付けて、三百円、四百円にしていかないと実際上のイカ焼が成り立っていかない。

それでも魂を信奉する人は、いや、魂さえあれば大丈夫だ。本当に必要なのはイカ焼魂だ、とか言って渋谷の公園通りでサウンドデモとかをするのだろうか。

だったら。

お前ら全員死ねや。直ちに死ねや。死んで魂だけになってやってみろや。そしたら余計な肉体や商売の論理から免れて、本気の、本然の、本来の魂でイカ焼と向き合うことができるだろう。私はそんな馬鹿なことは御免蒙る。それはけっして妥協ではない。現実のイカ焼を直視しているだけのことである。

つまりだから私たちはありもしない魂のようなものを旗印にして、原理主義に突き進んではならない。ならばどうすればよいのか。それは言うまでもないこと、すなわち、現実を直視すればよいのである。そしてこの場合の現実とはなにか。それは、イカであり、葱であり、鶏卵である。それをみないで、イカ焼のイカ焼たる核心の部分を阻害するそれらがなければ、イカ焼、が成立しないという現実。イカ焼はイカ焼であるべきでしょう、などという理想論を語っていては百年経っても問題は解決しない。

では具体的にどうすればよいのか。

この手の議論に常に欠けているのはその視点である。現実を直視しろ。はいはい、わかりました。直視しました。けれども直視したからと言って、現実が変わるわけがない。例えば、いま私がこの冷凍いか焼きをただ凝《じっ》と見つめたからと言って、それがメキメキメキメキと変化してよい状態になるわけではなく、それらを今後どうしていくかという具体的なプランこそが必要なのである。

それは私ははっきり言って強化、すなわちモチモチ感とコーティング感とソースの独自感の強化であると思う。

どういうことかというと、葱と卵と多量のイカによって、イカ焼本来のモチモチ感・コーティング感・ソース独自感が阻害されるのであれば、それらをもっと強めて葱が入っていようが、イカが入っていようが、或いは、もっと言うならば、豚が入っていようが熊の掌が入っていようが、絶対に負けない、モチモチ感・コーティング感・ソース独自感をイカ焼自身が持っておれば、それらに負けることがないようにすればよいわけである。

そしてそれは逆から言うと、いま現在のモチモチ感・コーティング感・ソース独自感がひ弱であるということである。その原因はなになのだろうか。となって初めて私たちは、やはり冷凍したものを電子レンジで温めている、という点にあるのではないか、という考えに突き当たる。

冷凍→解凍、というプロセスはどうしてもモノの本来の味を損なうのではないか、と常識的には考えられる。しかしその一方で、冷凍技術は近年とみに進化して、そんなことは土民の思い込みに過ぎない、という人もいたような気がしないでもない。しかし、となれば、このイカ焼自体が、容易に葱や鶏卵に敗北する弱いイカ焼である、ということになってしまう。

しかしそのいずれであったとしても、いまの自分にこのイカ焼を強化する力はない。

となれば。

やはり自分でイカ焼を製作するしかない。けれどもworld wide WEBでみたら、イカ焼のプレス機は、安いのは三千円くらいだが、私が小児期に見たような本格のイカ焼マシーンは十六万九千円ほどした。二十歳そこそこの若造ならいざ知らず、五十数年も生きていれば、イカ焼器に十六万円も払ったら自分がどうなるかくらいは容易に予想が付く。私は血反吐を吐き、きりきりと舞いながらもんどり打って倒れ、そして死ぬ。

ならば三千円の支那製を買えばよいのか。まあ、家庭での使用、それも年に数回しか使用しない、というのであればそれで充分であろう。けれども私はなにをしようとしているのであろうか。

そう。私は、なにものにも負けない、イカ焼の強度、を目指している。三千円のものでそれができるだろうか。ははは、できないに決まっている。だったら十六万九千なんぼ＋税のものを買うしかない。人生には何度か、勝負しなければならないときがある。その勝負から逃げれば、一生、逃げ続けなければならない。私は卑怯者にはなりたくない。

でも、総額で十七万円を超えるイカ焼マシーンを買って、その後どうするのか。そう思うとき私はふと、いっそのこと自宅を改装してイカ焼屋を開業してやろうか、と思った。私がいま住むあたりにイカ焼屋はない。というか、この辺りの人は、その存在すら知らぬであろう。そういう人々が、あの圧倒的なモチモチ感、あの壮麗なコーティング感、あの、快美・快楽の極致とも申すべきソースの三位一体論を味わったらどうなるだろうか。

あまりの旨さに泣き狂い、小便を垂らしながら地面を転げ回って嗚咽号泣するのはまず間違いがなく、日に四度は食べにくるだろう。ということは少なく見積もっても、一日あたり一千食は売れる。仮に三百円で売ったとして一日の売上は三十万円。月にすれば九百万円。年にすれば一億八百万円。つまり、たった十七万円＋僅かな改装費の投資で私は年商規模一億円の繁盛店のオーナーシェフになれるという訳である。

もちろんそのためには、イカ焼の強度が必要なわけだが冷凍品でもこれだけの味があるわけであるから、できたて、それも家庭用の安物ではなく、本格のマシーンを使うわけだから、まず間違いはないだろう。

しかしそれはあくまでも記憶の中の味である。それが間違いであれば、この計画は頓挫する。まず、そこを確かめなければならない。そのためには実地に大坂に参り、イカ焼を食してみる必要がある。もちろんそのためには、前にも見たようにカネがかかる。けれどもいまの数万円を惜しんで将来の一億円を棒に振るのははっきり言って愚か者の所業である。それに。こうしている、この瞬間に誰かがこのエリアでイカ焼屋を開業するかも知れない。さすれば、儲けは半減、下手をすれば四分の一になってしまうかも知れない。

こうしてはいられない。そう考えて私は立ち上がった。手が汗とソースでべとついていた。

七

南へ下る道路には避難民があふれ、僕は10トントラックで大阪へやって来た。というのは友部正人の「大阪へやって来た」という楽曲の歌い始めの文句である。

これに倣って言えば、西へ下る鉄路には避難民があふれ、私は東海道新幹線で大坂へやってきた。ということになる。

そう、私は大坂へやってきた。なんのために。勿論、記憶の中にあるイカ焼の味を確認するためである。そして、それを復元して、場合によってはイカ焼屋を開業するためである。そこに懐郷的な要素は毫もない。ただただ、イカ焼を食す。それ以外の目的はない。なのでイカ焼を食したら直ちに戻る。そのつもりであった。

普通の人間であれば、特に魂などというくだらないものを信奉し、自分のなかにそれを持っている、と信じる人間であれば、折角、大坂に来たのだから、とUSJに行ったり、NGKに行ったり、DSM(道修町)に行ったりするのかもしれないが、申し訳ない、私はそんなしょうむないお兄さんではないので、序《つい》でに、などという愚劣なことは決してしない。

この際だからはっきり申し上げておくが、序でに、という思想ほど人間を駄目にするものはない。

そしてそれは汚れきった豚の思想でもある。

ひとつっことに満足せず、それになにかを追加して、さらなる利得や快楽を得ようとする貪欲な思想なのである。

「ちょっと葱、買うてくるわ」「あ、ほんま。ほな、ついでに車エビも買うてきて」

莫迦かっ。葱を買いに行くのであれば全力で葱を買うべきであると私は思う。なのにそこに車エビをのっけてくる。葱だけを買いに行ったのであれば、その全人格をもって葱を吟味し、最上の葱を買うことができる。けれどもそこに車エビがのっかってくることによって、葱に対する力が二分の一になる。というか、葱と車エビでは車エビの方が値が張るので、意識はともすれば車エビに集中しがちで、そもそもの目的である葱が疎かになり、いったいなんのために表に出てきたのかわからなくなる。

また、じゃあ、その、ついでに車エビ、と言った奴は、その間、家に居て、いったいなにをしているのであろうか。なにか人々の役に立つようなことをしているのだろうか。それが無理ならせめてみんなの幸せを祈っているのだろうか。断言するがそんなことはしていない。じゃあ、なにをしているのか。くだらないアニメーションを見て笑ったり、インターネットで愚劣なワードを検索したり、人の噂話をするなどして人生の時間を無駄に遣っている。

そんなら葱を買う者は全力で葱を買い、車エビを買う者も全力でそれを買った方がよい。なので、葱を買う、と一旦、決めたのであれば余のことに気を散らしては駄目だ。序でに、という合理性の魔力に囚われて人間は駄目になっていくのである。或いはそれは禽《とり》や獣も同じことなのかも知れない。

という訳で私は全力でイカ焼を食べる。余のことは一切しない。私はこれまでもそのようにして生きてきた。温泉旅館に泊まって温泉に入らずに帰ったことも一度や二度ではない。そのときは温泉に入りに行ったのではなく取材旅行であったからである。取材ついでに、温泉に入り、ご馳走を食べたような、ふやけた頭で書いた文章を誰が読むかっ。馬鹿馬鹿しい。

そしてもうひとつだけ私の覚悟の程を述べておこう。

こんなことを言ったら多くのプロレタリアートの方々の批判を受けるかも知れないが、言わないとわからないので言うと、私はグリーン車輛で大坂に参った。

勿論、そんな贅沢ができる身の上でないのは重々承知しているし、そんなことをしたら仏罰冥罰があたって生きながら地獄の業火に焼かれるに決まっている。

にもかかわらず私がグリーン車輛で参ったその訳は。そう。自分を追い込むためである。そんな途方もない壮大な無駄使いを、そうさいさいできるものではない。となると自ずと今回、失敗をすれば後はない、もう一歩も退《ひ》くことはできない。退くときは死ぬときだ、と覚悟する。

これを普通の指定席や自由席で行ったら、どうなるだろうか。

人間というものはどうしても自分に甘くなるもので、「駄目だったらまたトライすればいい。失敗したっていいいぢゃないか。人間だもの」みたいな世界に逃げ込んでしまう。

それを防止するために私はグリーン車輛で参った。

だから、車中でも、車窓を流れる沿線の景色などには一瞥もくれず、ずっとイカ焼のことだけを考え、それでも、ときおり頭に浮かんでしまう雑念を、頭の中の私が所持する刃が透明の日本刀で、ざんっ、一刀両断に斬り捨てる、などしていた。そのため目つきも多少おかしくなっていたらしく、通る人や車内販売の人は私と目が合うと一瞬、戸惑ったような怯えたような顔をして、慌てて目をそらし、そそくさと通り過ぎて行った。もちろん汽車弁当などというものは食さず、水も飲まず、新聞雑誌なども読まない。

そんなことをしているうちに新大阪に到着、とりあえずは若い時分にウロウロしてなんとなく土地勘のある心斎橋界隈を探し歩き、それで見つからなければ、難波方面に向かい、そこでも見つからなければ、堺筋に出て日本橋《にっぽんばし》を通って新世界まで行き、その間にもなければ動物園の脇を通って天王寺方面に行き、それで見つからなければ近鉄電車に乗って吉野山に行って自決しよう、と考えた。

それぞれに思い出のある土地だが、ただ一心にイカ焼のことだけを考え、懐郷心とも魂とも一切無関係に通過する。ソウルミュージックなんてクソ食らえだ。スケコマシ野郎共めがっ。

と、やや場違いな罵倒をしたのは、高級輸入銘柄のバッグをぶら下げた同年配のおっさんが若い美女と腕と腕をからませて歩いているのを見かけたからである。

まあしかしそんなことはどうでもよい。それより言っておかなければならぬことがあるというのは、今般、私が森田検索君にならずに、大坂へやってきた、ということである。

そう、私はいっさいの下調べをしないで来て、行き当たりばったりに歩き回ってイカ焼屋を探そうとしている。と言うと、なんて無謀な。そんなことだから日本は戦争に負けたのだ、という人があるのは識っている。しかし言う。私は敢えてそうしたのだ。なぜかと言うと、検索して事前に情報を得ることによって未だ知らぬ現実を予め知ってしまっているような気持ちになり現実を見くびってしまうことを恐れたのだ。

或いは、そこには既にそこに参った人の感想や評価のようなものも掲出せられている。勿論、そんなものは相手にせぬが、しかし、意識の片隅になんとなくは残っているはずで、それがなんらかの影響、例えそれが微細なものであったとしても、を私に及ぼすことを恐れたからである。

という訳で私は事前になにも調べてこなかった。なので自分の足で歩いて探すより他ないのだ。それは非常に疲れるし、困難なことであるのかも知れない。けれどもじゃあ、楽をして、その浮いた体力と時間でいったいどんな有意義なことをしようというのだ。クソ野郎がっ。おまえにできることはせいぜいスケコマシだよ。じゃなきゃ、パチスロかっ。死ねやっ。無駄飯食いが。

などと自分の感情を抑制できないようではまともな人間とは言えないので、私は感情を抑制しつつ、タクシー乗り場ではなく、地下鉄乗り場の方へ向けて歩き出した。

なぜタクシーでなく、地下鉄で行くのか。自分を追い込むのであれば、より贅沢なタクシー、それも小型車ではなく、中型車で行った方がよいのではないか。

そう思ったのにもかかわらず、なぜか、ひとりでに足が地下鉄乗り場の方へ向いてしまった。

なぜだろう。

訝りつつ、進むうちに、足がなにか強い力に惹かれるようにひとりでにグイグイ進んでいく。うわっうわっうわっ、どうしてしまったのだ、俺の足。なにを勝手に歩いているのだっ、と叫び出したいのだけれども口が開かない。表情も固着したように固まって、周囲からみれば澄まして歩いているように見えるのだろうが、内心に恐慌をきたしていて。

そして、地下鉄の駅に行くのであれば、そのまま階段を下りるべきであるのに、足は階段を下りずにそのまま真っすぐに進みやがる。

おいっ。なにをしているのだ、足。そっちではない。そっちへいくと中央口のみどりの窓口とかがある方に行ってしまう。それともなにか、足。おまえは俺にイカ焼を食べさせないつもりなのか？　そんなものは食べないでこのまま切符を買って家に帰り、ステーキ丼かなんかを食べろというのか。いやだ。絶対に嫌だ。おまえがそこまで言うのだったら俺はこの足で十仁病院に行っておまえを二本とも切り捨てる。そして、鯉の餌にする。それが嫌なら階段を下りて地下鉄乗り場に向かえ。

と、私は心内で絶叫した。

にもかかわらず足の餓鬼はなにを考えているのだろうか、私の絶叫に一切耳を傾けず、そのままズンズン進んで、中途に文楽人形と千成瓢箪《せんなりびょうたん》を飾ってあったり、タコ焼屋があったりして、普通そんなものがあれば立ち止まりはしないにしても多少、足を淀めたりするものだが、そんなことは一切せず、というか逆に速力を早め、グングン前に進んでいく。けれどもどこまで進むのだ。このまま進めば正面の土産物売り場で行き止まりだ。いったいどうするつもりだ、と思っていると足は迷わず、土産物売り場に突進していく。なんだ。この俺に愚にもつかぬ土産物を買えとでも言うのか。馬鹿にするな。と、心内で怒鳴った瞬間、土産物屋の最奥部で足が足を止めた。私は、あっ、と叫び声を上げた。イカ焼屋が目の、前に、あった。

八

突然、足が勝手に歩き出して抑制が効かなくなり、このままでは足を切り捨てるしかないのか、と覚悟しつつ、しかし足に抗えず歩いてふと目の前にイカ焼屋があったというのはどういうことであろうか。

もちろん人間の業ではないだろう。ということは。間違いなく弥勒菩薩様とか観音菩薩様といった方が足になってくださって、私をイカ焼屋に導いてくださったということで、こんなありがたいことはない。そうとも知らずに私はこれを切り捨てようとしていた。これを切り捨てていたら私は歩けなくなり、いつまで経ってもイカ焼屋にたどり着けなかったかも知れない。

けれどもたどり着けたのは幸運だった。いままでいろんなことで苦労してきて不運と不幸の連鎖のなかで生きていたが、これからは素晴らしい人生が私を待ち受けているのかも知れないと思うことの喜びを信じていたいのかもしれない。

そう思って私は土産物コーナーの最奥部のイカ焼屋をとっくりと眺めた。

まず目についたのは横倒しになった巨大なイカのオブジェである。このオブジェがあることによって、この店がイカ焼の店であることが遠くからでもわかる。

この種の仕掛けは実は大坂には多い。例えば道頓堀というところに、かに道楽、という蟹肉が売り物の和食屋があるが、この店のファサアドには、さしわたし五米《メートル》はあろうかという巨大な、立体のカニを象《かたど》ったオブジェが掲示され、しかもそのカニの手足は電気仕掛けでグニグニ動くようになっていて、通行の人々の耳目を驚かしているのである。

或いは新世界というところに、づぼらや、という河豚料理店があるが、この店の二階の軒先には、さしわたし五米はあろうかという、フグを象ったオブジェがぶら下げてあって、人々のフグ肉に対する欲望をかき立てている。

同じく新世界にはかつて、牡丹鍋、すなわち猪の肉を鍋料理にして出す店があったが、この店の店頭には等身大、というか、実際の猪を剥製にしたものがぶら下げてあり、しかもその両眼には赤い電球が嵌《は》め込まれてピカピカ光っていて、子供心に興味深かったのをいまでも覚えている。

というのがいわゆる大坂流の看板であり、それを考えれば、この巨大なイカの看板は、さしわたしも一・五米ほどだし、それよりなにより立体ではなく平面の表現に終わっているという点で、ごく控えめなものといってよかろう。

なので例えば私がイカ焼の店を出してボロ儲けをする際は、やはり看板は、さしわたし五米ほどの立体とし、電気仕掛けでグニグニ動くようにし、また、眼球にはＬＥＤ照明を仕込んで怪しく光るようにしたものをファサアドに掲げたい。

そしてさあ、その巨大なオブジェの下部は間口一・八米高さ九十糎《センチ》の開口部で、その向こうが二坪ほどの広さの調理場になっている。開口部の下部はガラス張りの陳列棚で、二段の陳列棚には、鑞で拵えた各種イカ焼のサンプル品が陳列してあり、それを見て誂えものを決定したカストマーはこの開口部より、イカ焼を誂え、できあがったイカ焼を受け取り、かつまた、代銀を支払うのであり、そのための金銭登録機、すなわちキャッシュレジスターは、左側に延長されたる陳列の天板上に置いてあり、その下部は高さ一米ほどのスイングドアーとなっており、従業員は屈むような格好でこのスイングドアを押して厨房に出入りするのである。

そして、いたるところにPOP広告や立て看板、ポスター、チラシなどが置いてあったり、貼ってあったりして自家のイカ焼の特徴を説明したり、優位性を訴えてたりしている。

それがどんな具合かというと、例えば、この店はすべてのイカ焼店の淵源であり、どんなイカ焼もその系統をたどっていけばこの店にたどり着く、ということを謳っている。つまり、この豊葦原瑞穂国という國がどうやってできたかというと、イザナギノミコトとイザナミノミコトが国を生んでできたのであり、どんな人間もずうっと元をたどっていくと、そこのところにたどり着く。同様にどんなイカ焼も元をたどっていけばこの店舗にたどり着く、ということなのである。

これについては素直に凄いことだと私も思った。それから力を入れているのは、この店にどんなイカ焼があり、それぞれどんな味かということを、サンプルのみによってではなく、言葉の力でこれを説明しているという点である。

というのはすなわち阪神onlineショップの冷凍いか焼きに元型とその変わり型、いや、変わり種と言った方がこの場合は適切か、があったのと同じくここでも元型とその変わり種が展開されており、それぞれの特色とおすすめのポイント、その理由などを説明しているということである。

どんなものがあるかを先に説明をしておくと、すなわち元型としての元祖いかやき、その変奏としてのねぎマヨ、明太マヨ、スペシャル（ポン酢味）などである。見ておわかりの通り、後に行くほど変奏の度合いが大きくなっていく。このことはなにを意味するのか。

そう、それは元祖としての強大な、或いは不遜と言ってもよいくらいの自信である。

そこにはもしかしたら観音の霊力が働いているのか。私をここに連れてきた観音力はこの店舗由来の霊力だったのか。そんなことを夢想するくらいの強烈な自負がそこに感じ取れる。

というのはだってそうだろう。そもイカ焼とはなにか。イカ焼の本然、本質とはなにか。そう、既にみた通り、屹立するモチモチ感とコーティング感、そして独自の甘みと酸っぱ味を帯びた個性溢れるソースである。

そして様々の具材はそれを殺ぐ。イカ焼と言ってイカの味が強烈であってもいけないくらい、あくまでも具材は脇役に徹しなければならない。だから、まあせいぜい卵を混入し、葱くらいでチャニゴ、すなわちお茶を濁すにとどめて置く方が楽だ。

そこへわざわざ明太子などという味の強いものを持ってくる。そのうえにマヨネーズをのっけてくる。それればかりか、スペシャルといって、中身はわからないがスペシャルというのだから、明太子以上のものが、しかも複数、入っているのだろう、それをこんだ、ポン酢味、というもう、考えられないくらいなカオスを導入する。

それは、よほど、イカ焼の基本、すなわち、屹立するモチモチ感とコーティング感、そして独自の甘みと酸っぱ味を帯びた個性溢れるソースに自信がないとできない離れ業で、それは例えて言うなら、チャップリン、エノケン、オードリー・ヘップバーン、高倉健、吉永小百合、森繁久彌、渥美清、シミケン、花菱アチャコ、藤山寛美、ブリジット・バルドー、ウディ・アレン、チャールトン・ヘストン、曾我廼家五郎、市川海老蔵、中村雁治郎などが脇役、端役を演じる舞台のようなもので、なまなかなことでは主役はつとまらない。私はマジで戦慄した。

というのはいったん脇に置いて各種の宣伝ＰＯＰなどについて話を戻すと、そうして特色を説明したＰＯＰがあるのだが、それとは別にランキングを記した黒板が置いてある。

どういうことかというと、当店の人気メニュー、ベストスリーというものが、黒板に色マーカーで記してあるのである。

ランキング。これによって人間はけっこう盛り上がる。また、まったく興味のないものでも、ランキングによって俄然、興味が湧く、なんてこともある。

「なんじゃいな、向こうから背ぃの無闇に高い、派っ手な女、歩いてきよったなあ。おまけにおまえ、ぶさっくやがな。どんならんな」

「なに言うてんねん。あれ、おまえ、今年のミス関目《せきめ》の紺戸ミニアム子やないけ」

「ほんまかいな。そう言われて見たら、なかなか、おまえ、ええ女やないけ」

という具合に。

つまり人は順位に弱いのであって、ランキングにインしているというだけで、そのランキングの根拠を問うことなしに、これを無意識の裡に認知してしまう。という訳で世の中はランキングであふれかえる。島根県北部の天玉うどんベストファイブ。パイプつまり解消剤ベストエイト。死にたくなるくらいくだらなかった三冊、私のお気に入りのふんどし十六選、など言ってブログで発表したりする。そいで、いろんなものが、いろんなひとが、いろんなできごとが栄光のグランプリに輝いたり、準優勝したり、ベストエイトに選ばれたりして、人々はこれを悦んで旺盛な消費をするのである。

なので当店のベストスリーを発表しない手はない。というか、凡そ物を販売する商売をしていて、店頭で人気ベストスリーを発表していない店があるとすれば、はっきり言ってその店の経営者は無能であり、痴れ者であり、人間として生きたところでなんの価値も生み出さない原生動物にも劣る糸クズである。

つまりなにが言いたいのかというと、まあこの店は当たり前のことをやっているに過ぎない、ということを言いたいのである。ちなみにこの店のベストワンは右に申し上げたスペシャル（ポン酢味）で、ベストツーはねぎマヨであり、ベストスリーは明太マヨで、それぞれに、「すべての味が味わえる」「男子に人気」「女子に大人気」という短い説明の文言が付してあった。蓋しカストマーの消費を後押しするに充分なランキング表である。

そして、その脇にこの店のイカ焼の特色を記したPOPがあった。

それは、この店のイカ焼がテイクアウト専門であることと不可分の、この店特有のパッケージ、包装についての説明であった。すなわち、家にあれば笥《け》に盛る飯《いい》を草枕旅にしあれば椎《しい》の葉に盛る、この店の顧客の多くは買ったイカ焼を、そこいらのベンチやせいぜい新幹線のなかという食器などの整わぬ場所で食すが、そのための工夫がしてあることをここに記してあるのであった！

九

駅構内のイカ焼屋の店構えから、満艦飾、といった感じの宣伝ＰＯＰについて話していたが、包装紙の工夫について記したＰＯＰのその内容があまりにも特色的で印象深かったのでそのことについて話して、店構えの話を終えよう。

さあ、それはどんな包装紙だっただろうか。それは二重になった包装紙で、外側が袋状の紙、内側がシート状の半透明フィルムであった。薄い半透明フィルムで巻いた縦長のイカ焼が、封筒状の紙袋にスポンと入っているのである。と言うと、いったいなんのためにそんなことをするのか。日本ではなんでも過剰包装なんだよ。いくら箱書きなどを珍重・重視する茶湯などの伝統文化があるからといって、やり過ぎはよくないよ。なぜならいまはエコの時代だから。なによりも環境にやさしくなくてはならない。

なんてしたり顔で言う馬鹿と阿呆の混ぜ合わせ丼、自分にだけやさしいエゴ野郎が地の底から半ば腐った状態でわき出てくるが、勿論、それには相応の理由があるのであって過剰包装ではないし、茶湯でもない。

ではなにかというと、これは手を汚さぬための工夫である。

つまりどういうことかというと、申し上げたようにこのイカ焼店は客席を具備しない。そこでお客は列車内や待合室で、甚だしきにいたっては歩きつつ、これを食すことになる。ということは皿を使えない、箸を使えない、手摑み、ということに当然なる。

しかしながらご案内の通り、イカ焼には唯一無二の酸っぱ味と甘みを持つソースが塗りたくってある。また、焼いた鶏卵などが結構、ベラベラした感じで入っている。これを手摑みで食した場合、どうなるだろうか。そう、手がソースでベタベタになる。

そのベタベタが服やバッグに附着して不愉快な染み、汚れとなり、楽しい旅行が台無し玉無し、小田原ダイナシティになってしまう。昔、キャベツのことを玉菜《たまな》といったそうだがそうした知識・教養も霧消する。そう、手のベタベタ感は人間の精神の深いところを蝕む。嘘だと思ったらサラダ油やポマード、或いは、それこそとんかつソースなどで手をベタベタにしたまま一日、過ごしてみるといい。もの凄くイライラするはずである。

そうした、一見大したことではないように思われながら実は人間の精神に重大な危機をもたらす手のベタベタを防止するためにこの店では袋を二重にしているのである。

すごく重要なことだと思う。

以前、私は国分寺の駅の近くで背中にベースギターを背負い、ドンゴロスの肩掛鞄を袈裟懸けに掛けた若い女性がモスバーガーを歩き食いしているのを見たことがある。御存知の通りモスバーガーには通常のバーガーよりはるかにドロッとしたソースが使用してある。そして、包装紙にこのような工夫はない。

その女性がどんなだったか。もはや畜生同然の有様だった。道行く人は彼女とけっして目を合わさなかった。若くして亡くなった自分の娘のことを思い出したのだろうか、そっと目頭を拭う老婆もあった。彼女はベースギターを背負っていた。ということはその後、バンドの練習かなんかに行ったのであろうが、ベースギターの弦は拭っても拭っても拭いきれないソースと獣脂にまみれ、彼女はベースの弾き方も忘れ、ただ、ケダモノのように低く唸っていたことだろう。

そういうことを防止するためにここでは袋を二重にしてあるのであり、けっして過剰包装ではない。

というと、一層目が半透明フィルム、二層目が紙の筒になっている理由がわかるであろう、そう、半透明フィルムはソースのべたつきを外に洩らさないため、紙の筒は、持ち良さや熱さ対策、また、後述するがゴミ処理のための配慮であるのである。

そしてPOPが解説する食べ方はというと、まず、普通であれば外装材である紙の筒は破り取って捨ててしまうだろう。けれども、そうしないで紙の筒を右手で保持したまま、イカ焼の入った半透明フィルムを少し引っ張り出す。

この少し、というのが味噌で、この引っ張り出した部分の半透明フィルムを、「バナナの皮を剝くやうに」外側に開いてイカ焼本体を露出させる。このとき、開いた半透明フィルムは紙の筒の外側に垂れ下がっている。そうしておいて露出したイカ焼本体を、ひと口、ふた口と齧る。ウマイー、と叫ぶ。また、引っ張りだし、また、フィルムを開く。食べる。このようにして開いては食べ、開いては食べ、するうちに、生者必滅会者定離《しょうじゃひつめつえしゃじょうり》、さよならだけが人生だ、おいしかったイカ焼はついに虚しくなって、この手に残っているのはゴミばかり。ゴミをいつまでも保持していても仕方がないのでこれを捨つる。捨つるのだけれども、さあ、どうやって捨てる？ なにをぬかしやがるでぇ、この唐変木。どうやっても、こうやってもあるものか、ンなもなあ、丸めて捨てればいいじゃねぇか。

という威勢のよいお江戸のお兄ぃさんの聲がいま江坂《えさか》まで響いた。ならば、やってみるがよい。

「うわっ、なんだこりゃ、手がベトベトになっちまったよ」

という聲が西中島南方《みなみがた》まで響くだろう。って、そう。紙の筒の外側に垂れ下がった半透明フィルムのいまの外側はかつての内側であり、したがって、ソースやマヨネーズがベトベト附着しているのである。

それを無造作・無頓着に丸めたらどうなるだろうか。手がベトベトになるに決まっている。というか、かなり慎重に折り畳んだとしても、指先にソースとマヨネーズの混合物が附着するのを避けるのは難しいであろう。

さあ、ここで先ほど申し上げたゴミ処理のための配慮というやつが俄然、意味を持ち始める。どうするのか。ＰＯＰは説く。外側の紙の筒に半透明フィルムを戻し、そのうえで丸めて捨てればよいではないか、と。

蓋しその通りである。なぜなら半透明フィルムによってソースの外部への滲出は完全に阻まれている。なので紙の筒は汚染していない。どのように丸めても手が汚れない。ソースとマヨネーズの混淆物は完全に封じ込められ、完全なコントロール下にある。ということになるのである。

モスバーガーはこれをなし得なかった。というか、そんな配慮の必要性を感じたことがないのだろう。自分の使命はうまいバーガーを提供すること。なのでそれを食った客が、ひたすら堕ちてケダモノ同然になっても知らぬ、という立場をとっている。

まあ、それはそれで存外あっさりした悟りの境地なのかも知れぬ。

ただ、私は未熟者だ。そこまで悟りきれない。やはり手は汚したくない。なのでPOPの説く通りに食べようと思う。

というか、私はこういうことは割と律儀に実行する性格だ。

例えば、コンビニエンスストアーで売っている握り飯のフィルムは海苔がベチャベチャになるのを防止するための或る工夫が為されており、よってこれを開封するためにはパッケージに表記せられたる手順に厳密に従う必要があるが、私は常にこれを忠実に実行し、それなりの成果を得ている。

こういうとき私が必ず思い出すのはコヤマという男のことだ。

コヤマという男はなにかにつけズベラな男で、コンビニエンスストアーの握り飯を食す際も、手順書きをチラと見て、「あー、なんだかわからないやー」と鼻声で言い（コヤマはなぜかいつも鼻声であった）、テキトーにフィルムを剝ぎ、結果、海苔が粉々になって、味も見た目も最悪の握り飯を食べていた。

もちろん、人間なのだからそういう失敗は必ずする。しかし、大事なのは経験に学ぶということで、素直に失敗を認め、次に改めればそれでよい。ところがコヤマは、見ていると次も、その次も同じ失敗を繰り返し、私はコヤマがコンビニエンスストアーの握り飯を食べるところを十回以上見たが、最後までコヤマはちゃんと握り飯を食べることができなかった。

最後の方は私ももう半ばノイローゼのようになって、コヤマが握り飯を食べる度に動悸や眩暈《めまい》がして、譫言《うわごと》など発するようになり、「頼むから僕の前で握り飯を食べないでくれ」と懇願したが、コヤマは人の苦しみも知らないできょとんとするばかりで相変わらず海苔を粉々にし続け、私はほとほと疲れ果てて抜け殻のようになってしまい、このままでは駄目になってしまう、と思ってコヤマと絶交した。

おそらくコヤマはいまでも、あの無茶苦茶なやり方でコンビニエンスストアーの握り飯を食べているだろう。そして鼻声も治っていないだろう。私たちはコヤマになってはならない。

ということで、私はコンビニエンスストアーの握り飯を食するときと同様に、指示通りの食べ方をしようと考えているがひとつだけ納得がいっていない点があるというのは、「バナナの皮を剝くやうに」という表現・表記である。

それは動作としては確かにそうかも知れない。しかし、人間の頭脳というものは不思議なもので、バナナの皮を剝くやうに剝こう、と思った時点でバナナの味を思い浮かべてしまう。バナナの味が頭の中に蘇ってしまうのである。そしてそれはイカ焼にとっては障害でしかない。なのでここは、別の表現・表記を為す文学的な営為が必要であったように思う。懇切丁寧な説明に対してこんなことを申し上げるのはまことに心苦しいが、この点だけはどうしても承服しがたかった。

さあ、さて、外観はこんな感じ、こんな感じの外観のイカ焼屋にて私はいよよイカ焼を註文するのであった。

十

長い思索と行動の果て。あるときは懊悩し、また、あるときは神変不可思議としか言いようのない般若の智慧に導かれて新大阪駅構内の元祖いかやきにたどり着いた私は、いよいよイカ焼を註文した。

さあ、私はどのイカ焼を註文しただろうか。もちろん、それを知るためにはまずその基礎を知らなければならず、考えるまでもなく、私は変奏されたイカ焼ではなく、主題・テーマとも言うべき、元祖いかやき、を註文した。

そのことによってイカ焼の根本の味を味わうことができる。それを知らずしてポン酢味、明太マヨ、といった変わり味を愉しむことはできない。なにごともまず、基礎・基本から学ばなければならないのである。

扨《さて》。そしていま私は、註文した、とあっさり言ったが、誰に註文したのだろうか。いうまでもない、カウンターの向こう側に、たった一人でいる店員さんに註文をした。

さあ、その店員さんは　どんな店員さんだっただろうか。

まあ、普通の感覚で言えば、普通の店員さんである、と思うだろう。けれどもその店員さんは私に強い印象を与えた。

まず、いまも言ったように、その店員さんはカウンターの向こうでたった一人でいた。つまり、註文を聞くのも、それを作るのも、それをお客に手渡すのも、お金を受け取るのもたった一人でおこのう、ということである。

なんだそんなことか。と思うかも知れない。けれどもこれは実は凄いことなのだ。

以前、私は著名な人が頻繁に訪れる人気焼肉店の元・店長と話をしたことがある。

なぜ元・店長かというと、その人は人気焼肉店を辞し、独立開業したからである。

その人物は私に、自分は人を雇わず一人で店を切り回していると言った。そこで私は不躾なことを聞いてしまった。「それは資金が足りないからか」と聞いてしまったのである。

それに対して彼は明るい口調で言った。

「それもありますけど、一人でやるにはよほどの気合いと覚悟が必要なんですよ。僕は自分自身を奮い立たせるためにあえて一人でやってるんですよ」

その人物は体つきのがっちりとした、口調も見た目も活力に溢れた男性だった。

つまり、店を一人で切り回すにはそれくらい人としてのパワーが必要なのだ。

しかるに、この店員さんは、というと、まず女性、それも若い女性であった。こんな若い女性が一人で店を切り回す。はっきり言って凄いことだと私は思い、それにまず強い印象を受けたのだった。

その独特の印象は註文をしてさらに強くなった。

私はカウンターの左の方に立ち、店員の女性の注意を喚起した。右奥に居て、なにか仕込みのような作業をしていた女性店員はすぐ私に気がつき、作業の手を止めて私の前にやってきた。

このとき私は途轍もないパワーの放射を覚悟していた。

というのは当たり前の話で、若い女性が一人で店を切り回すという至難の業を演じているのだから、その人格・character はパワーに溢れ、「いらっしゃいませ、なにしまひょ」といった文言を口にしただけで、他を圧倒するに違いない、と思ったからである。

もしかしたらファンになってしまって毎日は無理としても週に一度くらい、この店に通うことになるのかも知れない。それくらい得体の知れぬ魅力とパワーをこの女性店員は持っているに違いない。

私はそんな覚悟すらしていた。ところが。

この若い女性店員は、そうしたパワーの放射のようなことは一切しなかった。

ではなにをしたのか。彼女は、「元祖いかやきをください」と、註文した私に低い声で、「はい」と答えただけだった。

パワーの放射はおろか、ごく一般的な商人の愛想のようなものもなかった。じゃあ、職人の無愛想があったのかというとそれもなかった。意識しようとしまいと、若い女性がどうしても発散してしまう色気もなかった。

というと暗かったのか、というと、暗さもなかった。もちろん明るさもなかった。媚びもなく、諂《へつら》いもなく、欲もなく、無欲もなかった。私に対する好悪の感情もなく、善もなく、悪もなかった。彼女は美しかっただろうか。美しくなかった。というか、そこには美がなかった。そして醜もなかった。

ではなにがあったのか。なにもなかった。

無であった。

無があったのではない。ただ、無であったのである。はっきり言ってこれはいわば、お釈迦様が説いた悟りの境地で、私は内心で、これはたいへんなことになったのかもしれない、と思っていた。

なのでここから先の説明はものの判った人にとっては蛇足かも知れないので、まあ、言わなくてもよいのだが、酔っているのだろうか、それとも悪霊に取り憑かれているのだろうか、時折、トンチキな理屈をこねて絡んでくる人がいるので、一応、それとは違うと言っておかねばならない。

どういう屁理屈かというと、「おまえは気合いと覚悟などと言って無闇に称揚しているが、それはおまえが無知だからだ。そんなものは世の中にいくらでもある。というかそれこそが、ワンオペ、といって一部企業で問題になっている勤務形態なんだよ」という屁理屈であるが、バカ過ぎて話にならない。

いくら私が世の中の動向にあまり興味がなく、そうしたことに疎いとはいえ、ワンオペというものが問題になって、マスコミ報道やネットで問題視されて、これを糾弾調で語る人があったことくらい知っている。

しかし、ひとりでやっている＝ブラック、と短絡的に考えてしまうのは、大坂人＝漫才師、とか、南の島＝楽園、とか、代官＝悪人、といった粗雑な考え方であり、そんなことを言ったらひとりで店出しをしている、駅の売店、街頭の易者、スーパーマーケットの入り口とかでやってる餃子屋さん、屋台のラーメン屋さん、宝くじ売り場、新宿のゴールデン街とかのバーといった小規模の飲食店やなんかは全部ブラック企業というバカげたことになってしまう。

考えるまでもないことだが、そんなことは現実的にはないわけで、けれどもものごとを短絡的にしか考えられない人は、そうした頓珍漢なことを言うわけで、まあ、はっきり言って、しかるべきところへ参ってお祓いでも受けた方がよい。

という訳で、魅力とパワーの放射どころか、悟りの境地・無の境地に到達していると思われる女性店員に私は元祖いかやきを註文してしまったのであり、どんなことになるのだろうか、と、成り行きを見守っていると、女性店員は、まるで空中を滑るようにして、すっ、と私から見て右の方、彼女から見れば左の方へ移動した。

私は彼女がイカ焼を調理するところを見たかった。けれども同時に、それはけっして覗いてはならない禁忌の領域であるようにも思え、覗きたい気持ち半分、見てはならないと思う気持ち半分、二つの気持ちの間で私は苦しんだのだが、覗きたい気持ちが結局勝って私はカウンターのうえに身を乗り出し、右に顔を向けた。

右の方には、そう、件の業務用イカ焼器が据えてあった。銀色に光っていた。方形の銀色の台があり、基底にハンドル付きの調理部があり、うえに跳ね上がったハンドル付きの圧着部があった。調理部の下には銀色の抽斗《ひきだし》のようなものがあり、半分くらい開いていた。調理部と圧着部の側面に温度調節のためであろうか、或いは酸素供給のためであろうか、一寸くらいな小孔が二つ穿《ずつうが》ってあった。こちらからは見えぬが、おそらくは反対側にも穿ってあるに違いない、と私は根拠なく信じこんでいた。

その後、私は確かに彼女がイカ焼を作るところを見ていたはずだった。けれどもなにが起こったのか、彼女がそこでなにをしたのか。その手順がぜんぜんわからなかった。

なぜか。その手つきがあまりにも鮮やかだったからか。違う。

それが天啓であったからだ。

それは刹那の出来事であり、いや、出来事ですらない、刹那そのものであり、そのとき私は、私はよろこびに貫かれていた。私自身とその閃きが同じものとなっていた。誤解を恐れずに言えば、そこには神が居て、宇宙の口を開いていた。宇宙の口から白い液体が宇宙自身に流れ出て宇宙の卵が割れ、宇宙としてのはじめ二つに分かれていた象徴と寓意のような白身と黄身が忽《たちま》ちにして混ざり、ひとつの黄色い塊となっていって。

そして気がついたときには私は白い小さなプラスチックの袋に入ったイカ焼を手にして立っていた。

そして変わらずに、無、である彼女に代銀を支払ってその場を離れた。

夢だったのだろうか。

それにしては手の中のイカ焼が熱かった。私の手の中には間違いなく、元祖いかやき、があった。無のなかで作られた宇宙の始原とも言うべきイカ焼であった。

こんなものを食べて大丈夫なのだろうか。こんなものを食べたらなにもかもが突然に消えて、私もなくなって宇宙の塵となってしまうのではないだろうか。

私は戦《おのの》いていた。手の中のイカ焼の熱に戦いていた。

悟りのための智慧が凝縮したような、無のなかで作られた宇宙の始原の始原が掌の中にあることの恍惚と不安に頭が痺れ、周りが、周りの景色が音となって、オーム、オーム、と響いて耳を聾し、周りの音が色彩となって明滅して目を焼き、自分の身体は、上下とか前後とか左右とか縦横斜めとか、ぜーんぶなくなって、回転しながら、色と音の渦のなかでくるめいている。

そんなことになってしまった私を現実に引き戻したのも、やはり、掌の中のものであった。

アチャチャチャ。

私は人目を憚らず喚き散らした。さほどにイカ焼は熱かった。ふと視線を感じて、振り返るとカウンターの内側で白衣を纏った女が私に真っ直ぐな視線を向けていた。急に弱気な気持ちになって、私はこれまで間違った生き方をしてきたのでしょうか。と問いたくなった。

それが伝わったのだろうか。白衣の女は真っ直ぐに私を見て無言で頷いた。頭の中に直接的に言葉が伝わった。白衣の女は言っていた。

熱々を召し上がれ。

十一

そうだ。この熱は次第に奪われていく。いまはこのように手を焼き、魂を焼く熱さを持っているが、それはときとともに冷め、最後には冷たく固くなってしまう。その前にそれを食べておしまいなさい。それを識るために。と、同時にそれを識らないために。

黒衣を着た女が目の前を通りすぎていった。

頗《すこぶ》るいい女だった。新地の女か。いや、違う。新地の女はこの時間、一日で一番不細工な顔を自宅のベランダや居間で陽の光に晒しているはずだ。新地というのは北新地のこと。関東における銀座のようなところである。

では、どこの女か？　わからない、ただ、強大な磁力と吸引力を持っていることだけは確かだった。

黒衣の女は、言葉ではなく、その外見で言っていた。

はっ？　イカ焼？　馬鹿じゃないの？

そう。黒衣の女はイカ焼を否定していた。いや、違うな、否定というと、そのものに対して一定の態度というか立場というか、そのものと自分の距離を意識している感じがあるが、黒衣の女はそうではなく、それを、もっと冷然と無視していた。

一顧だにしていない感じがあった。だから、黒衣の女はイカ焼なんてどうでもよいと思っていたし、それが自分の生になんら関係ない、と思っているに違いなかった。

手のなかでイカ焼がみるみる冷めていった。

私は救いを求めるようにもう一度、カウンターの方を見た。熱々を召し上がれ、と言って欲しかったから。

ところが白衣の女は右のイカ焼マシーンの方に行って別のことを始めてしまっていて、暫くの間、見ていたが視線が合うことはなかった。

そして、もう一度、視線を戻すと黒衣の女もいなくなっていて、まるで農奴のような連中が、手巾を手に持って、その手巾を空中にかざしひらひらさせて囀《さえず》り散らしていた。

手の中のイカ焼がもはや熱くなかった。

私は慌てて食べる場所を探した。多くの旅行客はこれを持ったまま改札を抜けて歩廊に上がり、汽車に乗り込んで座席におさまって食べるのだろう。ちょうど汽車弁当を食べるように。けれどもそのときイカ焼はどうなっているだろうか。そう。無関心と嘲笑のなかで完全に冷たくなっている。死骸のように。舗道ですれ違った他人の眼差しのように。

そして旅人は呟く。「名物にうまいものなし」と。

それが誤りであることを知っている私は食べる場所を探して、イカ焼屋の前を離れた。

イカ焼屋を背にして、原色の森、土産品売り場を改札に向かって右の方に歩いて行くと、あるところを境に急に色彩がなくなって薄墨色になった。

ベンチではなく、ひとつびとつは独立した合成樹脂の椅子なのだけども、でも、それを四、五脚、太い鉄材で連結してあるという点においてベンチの如き椅子が、そうさなあ、横に四セット、縦に八セットばかり据えてあり、その椅子が四分の三ほど埋まっていたので、百二十名ほどの人がそこにいたことになる。

色彩がないせいか、或いは照明が足りていないからか、そこにいる人たちは、なかには着飾って、高価なバッグを持った人などいるにもかかわらず、一様に疲れ切り、うちひしがれ、そして内面に埃のような怒りを抱えているように見えた。

人々は互いに視線をそらして、よそよそしく、また、突然、自分の権利を侵害されるのではないか、と怯えているように見えた。なかには三人とか五人とかのグループもあったが、そのメンバーにすら疑いの目を向け、会話もないまま、ただ、苦しそうな表情で黙っていた。家族連れですらそうで、小さな子供が不機嫌に押し黙る両親を見て怯えきっていた。

ここはなんなのだろうか。ある種の難民キャンプなのだろうか。

訝りつつ見上げると、黒地に白文字で「待合室」と書いた行灯《あんどん》が取り付けてあった。

私は激しい怒りを覚えた。

だってそうだろう、もしこれを、室、と言いたいのであれば、最低限、壁が必要、というのは子供でもわかる理屈である。ところがここには壁がない。ただ、ベンチに似た椅子を何脚か置いただけである。それを、室、と強弁するのはいくらなんでもやり過ぎだと思いますが、そのあたりを総理、いかがお考えですか。御所見をお聞かせください。「コクドコーツーダイジンー」。総理、総理、総理にお尋ねしております。

みたいな脳内バトルが一刹那、電光のように閃いた。でも。

この、偽りの室、は私にとっては好都合であった。なぜなら、座ってイカ焼を食べられる場所が、土産の原色の森の、すぐ脇に見つかったからである。

たとえそれが、色のない世界だとしても！

私はイカ焼を持ち、偽りの室、に入っていき、途端に撃たれた。

といって銃撃されたわけではない。薄墨の住人、待合の難民たちの視線に撃たれた。疲れきり、倦怠に蝕まれた精神の難民たちの極度に排他的な態度に撃たれたのである。彼らは無言で言っていた。

「おまえは誰だ」「おまえはなんだ」「おまえは私の隣の空席に座ろうと思っているのか」「それはゆるさんぞ」「ぜったいにゆるさんぞ」

そんな意識の砲弾があちこちから飛んできた。それを躱《かわ》しながら、広げられるだけ荷物を広げ、自分たちの場所を守っている家族連れの隣に空いた席があるのを見つけ、そこに近づいていくと、いち早く察知して、激しい敵意のこもった視線の銃撃を浴びせてきて、私は穴だらけになって撤退した。

そして、多くがそんな人だった。

彼らは自らが座り、荷物を置いている領土の外側に領海を持ち、さらにその外側に排他的経済水域を持ち、また、防空識別圏も設定しているようであった。

なかには領土領海を守るためには戦も辞さぬ、という態度を露骨に表している暴力的な雰囲気の若い父などもいて、私はどの空席にも近寄ることができなかった。

それでもただ座って休みたい、というだけなのであれば、敵の目を欺き、銃撃をかいくぐり、暗闇を匍匐前進して、座席を得ることができたかもしれない。

しかし、私はただ休みたいだけではなく、そこでイカ焼を食べたかった。そして私は、その室の民が行儀にしているわけではなく、むしろ、野放図に振る舞っている、という事実を目の当りにしてなお、待合室でイカ焼を食べるのは不作法なことだ、という思いを払拭することができずにいた。

それは私の、こんなやつらとは一緒になりたくない、という矜恃のようなものだったのだろうか。違うと思う。そんな記憶はないのだが、おそらく幼き頃、両親祖父母叔父叔母などがよってたかって私に、「待合室でイカ焼を食べるような人間は人間ではない。それはもはや人間の屑である。そんな人間にだけはけっしてなってはならない」とことあるごとに言い聞かせ、それが強迫観念として心の奥の奥に根深く残存しているからだろう。

そして、そんなことをするうちにもイカ焼は確実に冷めて、持っていても、熱い、というのではなく、ほんのり温かい、みたいなことになってしまっていて、早く席を確保しないとたいへんなことになってしまう。

いっそのことこの偽りの室を出て、通路の片隅、鉢植えの陰かなにかにうずくまって、人々の足と侮蔑の視線を避けながら食べるか。或いは、構内を出で、公園かなにかを探してそこで食べるか、と、そんなことも思ったが、それはそれであまりにも惨めだったり、或いは、時間がかかったりして、やはり都合が悪いように思えた。

もう、僕はどうしたらいいのかわからない。

あっちで撃たれ、こっちで殴られ、室を彷徨いながらそう思うとき、気配のようなものを感じて、少し先、一番端っこの席をふと見ると老紳士が座っていた。

老紳士の居るところだけ色が違って見えた。そして、その隣の席が空いていた。私はイカ焼の入った袋をぶる提げ、その席に近づいた。そして、この室の住人である限り、老紳士であっても少しくらいは視線の弾を撃ってくるだろう、と覚悟していた私は驚いた。

老紳士は一発の弾も撃たなかった。

十二

偽りの室でひとりだけ色が違って見えた老紳士は視線の銃弾を一発も撃たなかった。と、私は言った。けれどもそれは視線を向けなかったという意味ではない。というか視線という意味では、老紳士は他の室の人たちより、もっとグングンに私を見ていた。

ただ、他の人の視線は私の心を貫き破壊し、排撃する銃弾であった。ところが老紳士の視線は、そうした攻撃性が一切ない、無心の眼差し、であった。

それは例えば、無垢な子供が虫を眺めるような眼差し。

偽りの室の大人はゴキブリを不潔・不快なものと決めつけ、排除・排撃、攻撃・糾弾の眼差しでもってこれを見る。しかれども、そうした価値観を有さぬ子供は、一切の前提なしにこれを見る。

と言うと、「おいおい、俺はゴキブリかいっ」という突き込みを挿し挟みたくなるが、実際の話、偽りの室の住人にとって私は自分たちの領域を侵犯する不快な虫のような存在であったのだろう。

満員電車やＴＤＬや偽りの室といった、人間性を剝奪された状況下において人間は屢々《しばしば》、愛しなさい、と教えられたはずの隣り人をそのように扱うようになる。

ところが、老紳士はそうしたことを一切しないで私を見ていた。それどころか、その視線には、なにか好ましい感じ、っていうのかな、それがなんであるかはわからないのだけれども、私のなかにあるなにかを好意的にとらえているような、そうした雰囲気・ムードというものがあって、ああ、なんて、なんて奇特な老人なんだ、と、心のなかで私はまるで三上寛のように絶叫した。

そして、こんな偽りの室にもあなたのような人がおらっしゃったこと。感謝いたします。事の性質上、ありがとうございます、とあからさまにいうようなことではございませんので、ああざす、と言うにとどめます。それも心のなかで、と、心のなかで言って、私はもはやかなりの熱を失い、イメージ的には、さっきまでは熱いエナジーを放っていたが死んでしまい、この後、どんどん冷たく固くなっていく一方の鳩の死骸、みたいな感じのイカ焼の包みをいよよ解放した。解放というと違和感があるかも知らんが、偽りの室ではそれがぎりぎりの実感だった。っていうか、ぎりぎりの実感だた。促音なんてあそこにはなかたのだ。

開ける手ももどかしく、ビニール袋を開ける私の手つき。それは、初めて女に触れる少年の手つき。愛おしい気持ちはあるのだけれども、焦るあまり乱暴な手つきになってしまう。そしてそれに気がついて急に臆病になってしまう。そしてこの場合、イカ焼は同じように無垢な少女なのだろうか。それともすれからしの商売女なのだろうか。

わからないが、その包装が複雑なのは女の衣服と同様だった。

というのは、そう右に言うように、その包装は手を汚さぬよう紙の筒と半透明フィルムの二層構造になっており、紙の筒を下にずらしたうえで、「バナナの皮を剝くやうに少しずつ」半透明フィルムを開かなければならないのである。また、その外側には白いプラスチック袋もあり、私はコヤマのようにならぬように慎重にプラスチックの袋を取り払った。コヤマは女の服を脱がすときもぞんざいだったのだろうか。

なんてどうでもいい。まったく今夜の俺はどうかしちまってる。なぜかコヤマのことばかり考えてしまうが、コヤマの情事のことなんてどうでもいい。私にとっていま一番大事なのはイカ焼。それをついつい忘れそうになっちまう。

気を取り直して紙の筒を下にずらそうとして、ふと、視線を感じ、そちらに目をやると老紳士が興味深げに私の手元を注視していて、そうは言っていないのだけれども、ほう、と言っているようだった。その心内語は概ね以下の如くであろう、すなわち、

「ほう、この若い者（私は若くないが老紳士にとって五十代は若い者の部類に入る）が手に持っているものは、どうやら食べ物らしいが、いったいなんという食べ物だろうか。そして、どんな食べ物だろうか。この者の顔つきや、また、こうしたところで浅ましく貪り食らうという不作法な態度から考えても、およそ教養人の食膳に上るものではなかろうし、私自身、あんなものを食したいとは毫も思わぬが、しかし、興味はある。こうした者がどうやってものを食べるのか、そ

れを観察するのはおもしろきことだ。これは純然たる好奇心だ。奇を好む心だ。ほう。ほう。ほう」

といった感じで、室にいる他の人々の視線のように敵意や害意はまったくないが、けれども、こちらをその純然たる好奇心の対象としてしか見ておらず、人格をいっさい認めていない、という意味においてはむしろこちらの方が凶悪な視線と言えた。なぜなら相手の人格を認めなければ視線において人はどこまでも無遠慮になれるからである。

なので、私が最初に感じた、好ましい感じ、というのは、私という人格に対するものではなく、見慣れぬ妙な食べ物を持った妙な奴、に対する興味・関心に過ぎず、そしてそれは珍しい草花や昆虫、ベンチやポスター、電車などと同じ扱いでけっして好意などというものではなかった。というのは、そりゃそうだ。昆虫に人としての好意を向ける人は居ない。

なので、他の室の人であれば、私が受けた、こっちくんな、という敵意の視線の銃弾に対して、なんだとおっ、という視線の銃弾を撃ち返す、すなわち、睨み返す、ということをすれば、それに対して相手は、目をそらす、または、さらにメンチを切ってくる、という反応を示すだろう。けれども老紳士はそうではない。私が睨もうがメンチを切ろうが、こちらの人格を認めていないので、さらに目を輝かせ、

「ほう。私にメンチ切ってくる。おもしろきことだ。ほう」

と言って、ますます観察してくるに違いない。

というのは困ったことだし、嫌なことで、というのは例えば、食事をしているとき、まったく識らない人に、「ほう。おもしろきことだ」と言って至近距離から一挙手一投足について注視・観察され、いちいち論評されたらどうだろうか。そう、食べにくい。というか、それが気になって食べることに集中できなくなる。

なのでやめてほしい。けれどもそれができないのは、さっきから言っている通り、例えば私が面と向かって老紳士に、「ジロジロみてんじゃねぇよ」と、或いはもっと端的に大坂語で、「なにメンチきっとんじゃ、こらあっ」と言論を用いて抗議したところで、「ほう。なにか言葉のようなものを喋っている。おもしろきことかな」と、さらに興味を深めるのみで実効性がないからである。

では端的に殴ったら？　もちろん、そんなことをしたら傷害事件になって、イカ焼どころではなくなる。ということは私はこの、ほう、的視線に耐えつつ、イカ焼を食するより他ない。

なので私としては、可能な限り身体を横に向け、口も、ひょっとこのように横に曲げて食べたかったのだが、それはそれで問題があった。

というのは、紳士の反対側、すなわち右側に座っていたのは若い女であったが、この女が極度にエロティックな、乳や腿を極度に強調した服装をしていて、それはそれで気になるというか、はっきりいって好奇好色の念を抑えられないような恰好で、それはそれで気が散ってイカ焼に集中できない感じだったのである。さらに。

その女は想像を絶する不細工な女であった。それはもうはっきり言って自然災害のような顔で、土砂崩れというのだろうか、ハリケーンというのだろうか、見ていると心が一瞬で壊れてしまうような恐ろしい容貌の持ち主であった。

　そんな女がそんなハレンチな恰好をして諸人の劣情を不条理に刺激しているというのはいったいなになのか。いったいこの国はどうなってしまうのか。見ているとそんな思いが頭に溢れてきてイカ焼を存分に味わうことができない。

　そしてこの女もまた、私のイカ焼に注視していた。でもそれは老紳士の、ほう、のような私の人格を無視したものではなく、「こんなところでイカ焼を食べるなんてなんて迷惑で非常識な人なの」と言っているような、モロに私の人格に向けられた視線の、そして表情の爆撃であった。女は、「こんなところでイカ焼の匂いを撒き散らすなんてあり得なくない？　そのソースが私の素晴らしい胸や足にかかったらどう責任とってくれるの？　私と結婚するとでも言うの？　ふん。誰があんたみたいな見るからに貧相なオヤジと結婚するか。常磐線に乗り換えて勿来《なこそ》の関に行って、死ね。脚、見てんじゃねぇよ、莫迦」と言っているような顔をしていた。

　その都度、私は、「おまえの顔が非常識じゃ」「誰が結婚するかあ」「じゃかあっしゃ」「脚は確かにみてたけど」と心のなかで反論したが、その反論は女には少しも届いていないようだった。

　左に、ほう、の老紳士、右に不細工なエロ女。いずれも私の手元を注視している。

　そんな状況下でイカ焼はどんどん冷めていく。

私は、熱々を召し上がれ！　というメッセージを受け取っている。は、早く、早く食べないと。という心の焦りが災いしたのだろうか、或いは、心の隙間に魔が入り込んだのだろうか。焦った私は一瞬、包装紙の工夫のことを忘れ、本来であれば下にずらすべき紙の筒を、べりばりと破りとってしまった。

破りとってしまってから、あああっ、しまった。と思ったが、後悔先に立たず、手元には紙の支えを失って極度に不安定な状態となった、半透明のフィルムにくるまれたイカ焼があった。

その状態の、長さが二十糎《センチ》くらいあるイカ焼は、下部をのみ支え持つとグニャグニャして、いまにも偽りの室の諸人が踏みにじった吸い殻や埃にまみれた床に落ちていきそうだった。

私は焦った。焦りまくった。

その私を老紳士が、ほう、という眼差しでみつめていた。

不細工なエロ女が、呪いの眼差しでみつめつつ、これ見よがしに足を組んだ。万事休す。

十三

左に興味深げにじっと見つめる老紳士。右に顔面土砂崩れみたいな露出過剰のエロ女。そんなものに挟まれてイカ焼を食べなければならないのはなんの因果だろうか。

大森というところで先祖がイカを虐《いじ》めたのだろうか。露出した山肌でフェスかなんかをやったのだろうか。高野山で鋤焼をしたのだろうか。当たり前の話だがまったく身に覚えがない。

そんなことを思いながら私は不自然なくらい真正面を向いて奥行きを欠いた看板のようだった。或いは観光地によくある顔を嵌めるパネル。

そんな私を左右から首を直角に曲げて見つめる男女。人間の視野は前を向いておっても耳の横くらいまではあるから、二人がこちらを凝視しているのが充分に感じられる。

失われていく熱。容赦ない探究と呪詛の視線。多くの人々の敵意と無関心の混ぜ合わせ丼。耳を澄ますと低い音が黒い塊のように偽りの室に響いていた。

その塊の中に煙のような真言が混ざっていた。私はなんとかしてその真言をつかみ取ろうとして、右手を偽りの室の、というか、駅舎の天井に伸ばした。

右手がスルスルと伸びていく。その様を左右の男女が凝と見ていた。

煙のような真言を摑むのはでも不可能だった。なぜなら煙のようだから。摑んだ、と思ったって煙だから別のところへ漂っていく。しかも元々が黒い塊のような低い音の中にあるかないかくらいの幽《かす》かな存在としてあるわけだから、摑むのは難しいに決まっていた。

そして摑みたくもない黒い塊を摑んでしまう。

黒い塊はねばねばしていて手につくと非常に嫌な感触がある。また、刺激性があって手の表面が痛がゆくてたまらなくなる。そこで銀色の金属でできている天井パネルやダクトなどに手をこすりつけてネバネバを落とそうとするのだけれども、ネバネバはまったく落ちず、それどころか、天井パネルやダクトに附着していた塵芥が手に附着し、ネバネバと合体してより厄介な附着物と成り果てた。

私の右手をコーティングする附着物はまるで呪詛のようだった。このままでは手が、腐って落ちて、しまう。実際の話、手がブヨブヨして熱くなってきた。表面に黒いものが垂れているようだった。そして手のなかには得体の知れぬものが詰め込んであるようだった。

輪になったパンが雨のように降ってきた。偽りの室の人々はこれを拾っては食べ、拾っては食べしていた。私は真正面を向いたままだった。意識はすっかり右手に凝集して私はまるで人形だった。

コンコンチキチーンコンチキチーンコンコンチキチーンコンチキチーン、とストリートミュージシャンが爆音で奏でていた。駅構内での演奏物乞は禁止されていた。こんなことをしてただで済むのだろうか、と思っていると、言わぬことではない、地下鉄御堂筋線の方角から鉄道秩序維持員が現れ、警告なしに発砲、タンタンタンタン、という乾いた音がして爆音が止んだ。

しかし、銃口によって民衆の熱き思いを止めることはけっしてできない。地下二階からまた別のストリートミュージシャンが現れ、またぞおろ。コンコンコンチキチーンコンチキチーン、と爆音を鳴らし始めた。群衆は無関心。ことにこの偽りの室ではそう。みな、輪になったパンを拾っては食べ、拾っては食べ。ひどいものは家族総出で拾い、ボストンバッグにギュウギュウ押し込んでいる。食べられる以上のものを取っているのだ。その分、食べたくても食べられない人が出ても、そんなことはおかまいなしだ。「取れるだけ取っておきなさい。後で要らないとわかったら誰かに恵んであげればよい。それが人のために生きるということだ」子供にそんな訓告をする父が居た。

そんな群衆を尻目に銃撃と演奏のバトルは続く。

「俺たちはいくらでも地下二階から現れる。殺されても殺されても、だ。それが民衆の力だ。おまえたちの銃弾が尽きるのが先か、俺たちの命が尽きるのが先か。勝負だ。コンコンコンチキチーン、コンチキチーン」

「うるさいのだ。俺たちの銃弾は民主的な手続きに則って購入されているのだ。俺たちは秩序を維持するのだ。秩序を乱すおまえの命数《めいすう》は既に尽きているのだ」

だけども問題なのはこの手の苦しみ。このままでは手が駄目になってしまう。どのようにしたらよいのだろうか。そう思って困惑するとき、

「私が綺麗にしてあげるわよ」

という、不気味に爛熟したような声がパウダー状に拡散して偽りの室の天井近くに舞った。なにごとならん、と観じていると、右隣の女の首ではないか、顔の正面がグングンと天井の方に出っ張ってきて、私の手に近づいてきた。

危ないっ、と思うから、これから逃れようとした、そのとき、殆ど付け根まで露わな女の二本の脚がシュルシュルと揺れながら伸びてきたかと思ったら私の頭に巻き付いてもの凄い姿でグィグィ締め始め、このままでは頭が割れて死んでしまう、と思ったが、頭は割れず、なにかこう吸い込まれるような感じで女の脚と一体化し始め、と同時に、手を自分の意志で動かすことができなくなった。頭の中が真っ黒になった。

このような秩序というものをまったく無視した非道が行われているのだから、誰かが鉄道秩序維持員に通報してくれればよいようなものだし、もっというとすぐそこまで維持員がきているのだから銃殺してくれればよいのだが、偽りの室の群衆は降るパンに、そして領土の保全に夢中で余のことには無関心。維持員は殺しても殺しても現れるコンコンチキチーンに疲れ切っているようだった。

非常に気持ちの悪い、蛞蝓《ナメクジ》が這うようなコーティング感を手に感じた。なんだろう。このコー

ティング感はいったいなになのだろう。

訝っていると下半身がモチモチした。かと思ったら、急に視覚が蘇った。視野の下の方に二本の綱のようなものが伸びていた。その綱は左隣の老人の眼窩に繋がっていた。老紳士のグングンの眼差しが伸びてそんなことになっていたのだ。そしてその老人の下半身が私の下半身ともつれるように一体化していた。

中空では女の出っ張った顔が私の手をベロベロ舐めていた。

ただでさえ災害のように不細工なところ、顔の厚みが何十米《メートル》もある様が不気味でならず、その不気味なものが白目を剝いて一心に私の手を舐めている様はおぞましさの極みだった。

けれどもなによりもおぞましいのはその舌が味わう汚れの味が私の頭に伝わってくる。という点であった。女の脚と私の顔が癒着して神経までが繋がってしまった結果、そんなことになるのだった。

そしてその味は手に感じる蛞蝓のようなコーティング感をそのまま裏返したようなコーティング感だった。腐った内臓や残飯が屎尿が沈殿するドブ川の表面の波形に固まったアクのような味でもあった。もうやめてくれー、と声ならぬ声を挙げたが女の顔はいつまでも舐めるのをやめなかった。

それはいくら舐めても手の汚れがとれなかったからか。汚れはコーティングされて何年も保たれているようだった。

それだけでも狂いそうなのに下半身からはモチモチ感が伝わってきていた。かと思うと今度は頭と下半身の両側から濡れた甘さのような囁き声が同時に聞こえてきた。上と下からの責め苦だった。囁き声には砕け散った辛さが混ざって音曲になり、さらにそこに錆びた酸っぱさが乱入して幻獣の吠え声のようにもなり、さらに細かく震えて狂っていった。

蛞蝓のコーティング感はさらに粘度を増していき、そこへ金属音と叫び声が混ざるにつれて、温度が下がっていった。老紳士の温度もエロ女の温度も私の温度もそれを繋ぐすべての温度も。そして、最後は腐臭と女の口と老人の目を通って入ってきた嫌な感じが腹のあたりに満ちている感じだけが残った。もはや輪になったパンも降っていなかった。女の伸びた顔も老人の伸びた目も、糸屑のようなものになってなくなった。人々は灰色の渦巻きになっていた。

私はどうなってしまうのだろう。どうなってしまったのだろう。真言を摑もうとしなければよかったのだろうか。私は真言を摑もうとして汚れを摑んでしまった。そのなれの果てがこの嫌らしい腹部膨満感だ。あああ、いやだ、いやだ。こんなところから逃れ出てしまいたい。

そう思って立ち上がったとき、

「こら、そこっ」

という声と同時に、タンタンタンタンタンタンタンタン、と乾いた音がしてそれぎり、ガスン、とスイッチが切れたように真の闇になって。

「おやすみのところ申し訳ありません。乗車券特急券を拝見いたします」

声がして目を開けると制服制帽の男が腰を屈めていた。慌てて上衣の内ポケットを探ると固い券が入っていた。

「ご協力ありがとうございました」

そう言って男は進行方向へ去って行った。その背をぼんやりと眺めながら私は考えた。いったい私はなにをしてきたのだろうか。と。

私は真言を摑もうとした。

けれども真言は煙のようで、この手で摑むことはできなかった。それどころか手が真言とは似ても似つかぬもので汚れた。

そして私はそれ以前にもずっとなにかを摑もうとしていた。あるときは、そんなものは存在しない、と徹底して考えることによって、それを摑もうとした。

その結果、得たものはなにだったのか。

すべてはあの真言のようにつかみ所がない。

確かなのは嫌な満腹感、ただそれだけ。ただそれだけであった。ただ、それだけを抱きしめて私は関東へひた走っていた。

写真：町田康

本書は「大阪人」（二〇一一年七月号―二〇一二年五月号／隔月刊・六回）および「サイゾー」（二〇一二年十二月号―二〇一五年六月号／月刊・三十一回）連載の「関東戎夷焼煮袋」を一冊にまとめ、改稿した作品です。

町田康――まちだこう――一九六二年一月十五日、大阪府生まれ。作家、パンク歌手。府立今宮高校に入学した七七年、パンクロックに触発され級友らとグループを結成、貸しホールや公民館で演奏会を開く。七九年、グループ名を「INU」と定め、京都大阪、渋谷吉祥寺などで演奏。高校を卒業した八〇年頃より町田町蔵を名乗り、八一年三月「メシ喰うな」でレコードデビュー、八月にINU解散。以後もさまざまな名義で音楽活動をつづけている。また八二年の「爆裂都市　BURST CITY」、九五年の「エンドレス・ワルツ」など映画俳優としても活躍。父を亡くしたその九五年、編集者にすすめられ小説を書きはじめ、翌年発表した処女作「くっすん大黒」で九七年Bunkamuraドゥマゴ文学賞、野間文芸新人賞受賞。以後二〇〇〇年「きれぎれ」で芥川賞、〇一年詩集『土間の四十八滝』で萩原朔太郎賞、〇二年「権現の踊り子」で川端康成文学賞、〇五年『告白』で谷崎潤一郎賞、〇八年『宿屋めぐり』で野間文芸賞受賞。近著『常識の路上』『リフォームの爆発』『ギケイキ　千年の流転』『珍妙な峠』ほか小説・随筆・詩集など多数。

関《かん》東《とう》戎《じゅう》夷《い》焼《やき》煮《に》袋《ぶくろ》

二〇一七年四月十七日　第一刷発行

著　者　町田　康

発行者　田尻　勉
発行所　幻戯書房
〒一〇一―〇〇五二
東京都千代田区神田小川町三―十二
岩崎ビル二階
TEL　〇三（五二八三）三九三四
FAX　〇三（五二八三）三九三五
URL　http://www.genki-shobou.co.jp/
印刷・製本　中央精版印刷

ISBN978-4-86488-120-3　C0093

常識の路上

町田 康

常識だろ。と人が言うことの大体が間違っている……信じるべきものとは何か。ニューヨーク、東ベルリン、上海、神田、長居、そして頭のなかの道すがら戦慄いた「コモンセンス」への怨恨。3・11を挟んだ、単行本未収録原稿を集成――でもワイルドサイドを歩け。つか歩く。

四六判上製／本体一八〇〇円（税別）

低反発枕草子

平田俊子

春は化け物……東京・鍋屋横丁ひとり暮らし。三百六十五日の寂しさと、一年の楽しさ。四季おりおりの、ささやかな想いに随いて。詩人が切りとる、日常のなかに隠れた景色。「アンチ・クリスマスのわたしは毎年十二月二十四日は一人で部屋にいてお茶漬けをすすっている」。

四六判上製／本体二四〇〇円（税別）

愛の棘

島尾ミホエッセイ集

戦が迫る島での恋、結婚と試煉、そして再び奄美へ——戦後日本文学史上もっとも激しく〝愛〟を深めた夫婦の、妻による回想。南島の言葉ゆたかに夫・敏雄との記憶を甦らせる第二エッセイ集。『海辺の生と死』以降の、初書籍化となる作品を集成。

四六判上製／本体二八〇〇円（税別）

題名はいらない

田中小実昌

銀河叢書　ついいろいろ考えてしまうのは、わるいクセかな——ふらふらと旅をし、だらだらと飲み、もやもやと考える。何もないようで何かある、コミさんの真髄。「私の銀座日記」「かいば屋」「ニーチェはたいしたことない」など初書籍化の随想八十六篇。ハミダシ者の弁。

四六判上製／本体三九〇〇円（税別）